AF288537

Wir danken

der

ENTEGA Stiftung

für ihre freundliche Unterstützung

bei der 12. Krimi-Anthologie

des Odenwaldkreises

„Mords Ehrenamt"

Mords Ehrenamt

Krimi-Anthologie

Biografische Information der Deutschen Nationalbibliothek:
Die Deutsche Nationalbibliothek verzeichnet diese Publikation
in der Deutschen Nationalbibliografie; detaillierte bibliografische
Daten sind im Internet über https://www.dnb.de abrufbar.

Herausgeber: 2024 Kreisausschuss Odenwaldkreis
Verlag: BoD • Books on Demand GmbH, In de Tarpen 42,
22848 Norderstedt
Druck: Libri Plureos GmbH, Friedensallee 273, 22763 Hamburg
Umschlaggestaltung: © Corinna Panayi-Konrad (Michelstadt)
ISBN: 978-3-7597-1384-1

Krimi-Anthologien aus den Krimi-Schreibwettbewerben des Odenwaldkreises

Mords Kartoffel, 2007
Mords Schafe, 2008
Mords Apfel, 2009
Mords Holz, 2010
Mords Spur, 2011
Mords Römer, 2012
Mords Elfenbein, 2014
Mords Energie, 2016
Mords Burgen und Schlösser, 2018
Mords Kunst, 2020
Mords Odenwald, 2022
Mords Ehrenamt 2024

Unterstützer

Der Odenwaldkreis könnte ohne die Förderung zahlreicher Unterstützer sein überregionales Literaturprojekt, das sowohl einen Erwachsenen- als auch einen Jugend-Krimi-Schreibwettbewerb „RISIKO@Ehrenamt" sowie eine Preisverleihung und diese Anthologie umfasst, nicht durchführen.

ENTEGA Stiftung, Darmstadt
Hotel / Restaurant „Zum Grünen Baum", Michelstadt
Kiwanis Club Erbach/Odenwald
koziol»ideas for friends GmbH, Erbach
Kultursommer Südhessen e. V., Darmstadt
LY-Holding GmbH, Michelstadt
Odenwald-Stiftung, Erbach
ODWLDR Lumpe, Erbach
Rodensteinmuseum e. V. Fränkisch-Crumbach
SCV GmbH, Michelstadt
Sparkasse Odenwaldkreis, Erbach
Staatliche Schlösser und Gärten Hessen
- Außenstelle Erbach/Michelstadt
Stadt Michelstadt
TECMUMAS – Technikmuseum Bad König
Treusch Johanns-Stube Reichelsheim

Allen Unterstützern hierfür

Herzlichen Dank!

Vorwort

Beim 12. Krimi-Schreibwettbewerb des Odenwaldkreises unter dem Motto „RISIKO@Ehrenamt" reichten viele Autorinnen und Autoren Krimi-Kurzgeschichten ein, nicht nur aus dem Odenwaldkreis, sondern aus dem gesamten Bundesgebiet und sogar auch aus Spanien, Österreich, Luxemburg und der Schweiz.

Die 30 bestbewerteten Krimi-Beiträge des Erwachsenen- und die jeweiligen Siegerbeiträge des Jugend-Schreibwettbewerbes haben wir in dieser Anthologie für Sie veröffentlicht.

Ehrenamtliche übernehmen riskante Aufgaben, das ist nicht nur den freiwilligen Helferinnen und Helfern der Feuerwehr bewusst.

Der Odenwaldkreis wünscht den vielen im Ehrenamt Tätigen definitiv nichts Böses. Vielmehr ist ihm daran gelegen, durch diesen Wettbewerb den Blick auf die so vielfältigen Einsatzmöglichkeiten des bürgerlichen Engagements allgemein und im Besonderen im Odenwaldkreis zu lenken, was über spannende, damit verbundene, Kriminalgeschichten noch einmal eine ganz besondere „Würze" bekommt.

Bestimmt kennen auch Sie im Ehrenamt tätige Menschen und wollten schon immer einmal DANKE sagen. Wäre das nicht ein außergewöhnliches Geschenk?

Wir wünschen auf jeden Fall eine „risikofreie" Zone beim Lesen.
Ihr

Frank Matiaske
Landrat des Odenwaldkreises

Morta Bella

Oliver Baier (Groß-Gerau)

Wie bedauerlich. Sogar die gute Luise schimmelte. Neben ihr verloren, enthauptet und holzig ein weißer Kopf. Aus verdorrten Augen wucherte bereits Grünzeug und auch die schrumpelige und ledrig gelbe Haut war bereits aufgebrochen. Ganz trocken und überzogen voll blutroten Glibbers.

Für Antonia ging ohne Einweghandschuhe wieder einmal gar nichts an diesem Tatort. Ganz ungefährlich war das nicht. Sicher waren wieder Glasscherben zum Einsatz gekommen, wie so oft in letzter Zeit. Und immer wieder dieser Gestank. Süßlich, schon fast verwest mit einem Hauch Schimmel in der Kopfnote. Antonia bekam ihn auch beim hundertsten Mal nicht aus der Nase.

Nichts war hier mehr zu retten. Nur einfach schnell in der Tonne entsorgen und weiterziehen zum nächsten Job. Doch wie immer war die braune Bio-Tonne fast bis oben mit allerlei gefüllt, voller Plastik und Restmüll.

Ihre Schultern und der Nacken schmerzten - immer wieder sprang sie kurzfristig bei solchen Diensten ein und erledigte für Bella die Drecksarbeit. Die erste Vorsitzende lachte sich doch einen über ihre Dummheit. Ehrenamt, das war doch echt ein Witz.

Es klatschte, als ein Teil der Masse danebenging. Ihre Schuhe waren nun mit Erdbeeren und einem Rest Sojajoghurt besudelt. Das MHD war noch nicht abgelaufen, aber wohl falsch gekühlt worden. Und warum konnte man die Kartoffeln nicht früher rausgeben, bevor denen schon das Grünzeug aus den Augen wucherte. Das konnte man doch keinem mehr anbieten. Sie kamen doch schließlich täglich in diesen Betrieb, um Lebensmittel zu retten und nicht um für die Supermärkte Biomüll zu entsorgen und in diesem Schlachtfeld zu stehen.

Bella hatte bestimmt immer noch nicht mit der Marktleitung gesprochen, wie vereinbart. Träge wie sie war. Sonst würden sich die Umstände ein klein wenig verbessern und sie könnten den ausrangierten Lebensmitteln noch eine weitere Bestimmung geben. Aber wie so oft war es der ersten Vorsitzenden von foodforU völlig egal, wie das hier in Reichelsheim lief. Sie hatte ja auch die ganzen guten Jobs in den Supermärkten in Michelstadt und Erbach - Trockenware und Mopro, stopfte sich den ganzen Keller voll und war sich zu fein für die Drecksarbeit. Tatortreinigen war sicher nicht viel schlimmer.

Wenn Bella doch nur an ihrer Gier erstickte.

Antonia schaufelte den ganzen Matsch vom Boden in die Tonne. Sie prüfte das verpackte Fleisch. Zumindest hatten sie das kaltgestellt - sonst konnten sich ihre Abholer den Tod holen.

Bella würde sie mit Freude ein Mettbrötchen mit falsch gelagertem Schweinemett anbieten. Voller Bakterien und todbringender Keime.

Seit zwei Jahren war sie nun schon im Team der Lebensmittelretter. Intelligent, hilfsbereit und empathisch - so wurde sie von den anderen Mitgliedern bezeichnet. Sie war beliebt und gern gesehen. Das passte der ersten Vorsitzenden, der tumben Frührentnerin Bella gar nicht - ihren ganzen Neid bekam sie ab. Die zog sich immer aus der Verantwortung, wenn es um Arbeit ging, da sie es angeblich mit der Hüfte hatte. Wer´s glaubte.

Sobald es Trockenware beim Großhändler gab, kannte Bella keine Hüfte und wuchtete palettenweise in ihren Kombi. Das von der vielen Völlerei stammende Übergewicht war sicher auch nicht optimal für die Hüfte.

Die diabetesbedingten Schäden waren keine brauchbare Alternative für eine schnelle Lösung des Problems Bella.

Nächste Woche stand die neue Vorstandswahl an und Antonia wollte endlich etwas in ihrem Ehrenamt verändern. Sie wollte das Geklüngel und die Vergünstigungen unter der sogenannten Gang abschaffen und faire Arbeit leisten. Bisher wurde ihr allerhand in den Weg gelegt. Obwohl Antonia so viele Veranstaltungen organisiert und im Regen auf dem Michelstädter Marktplatz Infostände aufgebaut, bei eisiger Kälte auf dem Weihnachtsmarkt und sich einen Sonnenstich beim Bienenmarkt eingefangen hatte, wäre sie voller Hochmut - Sie!

Bella musste für immer verschwinden. Und nie wiederauftauchen.

Antonia stieg in ihren großen Kombi und fuhr zur nächsten Abholung nach Michelstadt. Es dämmerte an diesem Spätherbsttag, alles klamm und rutschig auf den Wegen.
Bella hatte in diesem Deluxe-Betrieb die Organisation übernommen. Das war ja wieder einmal typisch. Sie sackte sich zuerst die beste Ware ein und hatte dann ihre Günstlinge eingeteilt. Diesen wollüstigen Ausdruck im Gesicht konnte man nur verachten.

Antonia ließ die Scheibe ihres Fahrzeuges herunter. Bella kläffte schon wieder über den Hof. Sie hatte wieder einen unfassbaren Ton am Leib. Aber alle kuschten vor ihrem Zorn, weil sie ja einteilte. Eine Diktatorin im Ehrenamt. Unfassbar beschämend.

Antonia würde ihr am liebsten an den Hals gehen und sie ganz langsam zum Schweigen bringen.

Auch Antonias Familie nervte ihr Engagement und die viele Zeit, die sie dem Verein und dieser Bella widmete. Aber sie wollte doch nur Gutes tun, die Umwelt und den Planeten schützen und diese ganzen überschüssigen Lebensmittel verteilen.

Sogar ihre Ehe setzte sie für diesen Verein aufs Spiel. Sven hing nur noch bei den Vogelschutzfreunden rum und wenn sie ihm von Bella vorjammerte, schüttelte er nur den Kopf.

Bella musste weg.

Im Kofferraum hatte sie genug Klappkisten und Ikeataschen dabei, im Handschuhfach Einmalhandschuhe und zwei Kühltaschen für verderbliche Waren hingen auch am Zigarettenanzünder. Mit dem großen Messer konnte sie auch grobe Teile kleinmachen.

Bella stand schon mit ihrer neongelben Rettungsweste da und dirigierte die ankommenden Autos.

Mit Vollgas durch die Luft wirbeln und sie auf den Asphalt klatschen hören, das wär's.

Heute gab es palettenweise Tiefkühlpizza zu retten. Auf den Holzplatten stapelten sich in Klarsichtfolie verschnürt bestimmt 20.000 Kartons. Mit dem Cutter musste zunächst die Folie entfernt werden.

Oder einfach quer über ihren Hals. Dann wäre endlich mal ein breites Grinsen auf dem freudlosen Gesicht zu sehen.

„Bist du auch endlich mal da? Ich wollte dir schon letzte Woche eine Verstoßmeldung ausstellen, weil du den Lieferschein an die falsche Adresse geschickt hast. Und du willst nächste Woche an meinen Posten ran. Geschenkt, oder?"

Antonia könnte ihr die Fahrertür in den dicken Leib rammen und dann mit einem geschickten Rückwärtsmanöver über sie hinwegrollen. Vor und zurück und wieder vor und zurück. Aber hier waren zu viele Zeugen.

„Wir kümmern uns mal lieber um die Ware, Bella. Ich könnte dir bei den Paletten helfen", sagte sie stattdessen.

„Dann fahre doch auch mal rüber und klettere auf die Rampe, falle mir nicht runter. Obwohl, schade wäre es ja nicht", Bella grinste schief.

Doch der Cutter?

Antonia parkte ein und kletterte auf die Rampe. Die Holzpaletten standen schief. Wenn man die TK-Pizzas etwas umschichtete, könnte die Palette abstürzen und eventuell jemanden verletzen.

Vielleicht sogar tödlich.

Antonia nahm den Cutter und zerschnitt die erste Folie. Sie glitt satt hindurch.

„Ruhst du dich da oben schon wieder aus, dann lasse ich jemand anderen weitermachen", Bella bellte trocken und hatte sich wieder einmal eine Zigarette angezündet. Sie blies den Rauch nach oben in ihren Pony. Sich die Finger schmutzig machen kam für sie nicht in Frage, sondern eine nach der anderen qualmen und Antonia gängeln.

In Bellas Auto lag unter einer Thermopicknickdecke bereits das Beste gut verstaut.

Am besten wäre sie in eine Decke eingewickelt, wie in einen Teppich verschnürt. Nur noch die aufgedunsenen Knöchel in den ausgelatschten Crocs zu sehen, dachte sich Antonia.

„Schlaf doch nicht schon wieder. Die Leute warten auf die Ware. Alles muss man hier selbst machen", Bella schnippte die Kippe in die nächste Pfütze.

Die Mitglieder würden sie aus Angst wiederwählen. Nur mit ihrem endgültigen Ausscheiden würde sich etwas verändern. Die Welt wäre eine bessere ohne sie. Es könnte einfach alles wie ein Unfall aussehen. Bella musste nur noch etwas näher zur Rampe kommen. Heute ist mein Glückstag, dachte Antonia, als sie sich Schritt für Schritt näherte. Rückwärts und damit beschäftigt, in ihre Rettungsweste zu schlüpfen.

Mord im Ehrenamt - gab es diese Schlagzeile schon einmal? Ein wenig die Palette anheben und sie unter den TK-Pizzen begraben. A la Morta Bella. Antonia grinste. So war es richtig. Sie drehte sich zur Rampe, man musste immer vorsichtig sein, wenn es zu glatt war, konnte man ... „Ahhh". „Scheiß Ehrenamt", war ihr letzter Gedanke, bevor sie mit dem Hinterkopf auf dem Beton aufschlug.

Bella stieg auf die Rampe, fegte die schmierigen Obstreste beiseite, die sie vorher dort verteilt hatte. Das Problem ihrer Wiederwahl hatte sich fast ganz von selbst gelöst. Aus Antonia war jegliche Hilfsbereitschaft gewichen. Vielleicht gab es im Himmel einen Platz für solch einen Engel.

Es sah wie ein Unfall aus. Wie bedauerlich.

Allerweltsgesicht

Christian Bartel (Alfter)

„Laubert!", brüllte der Chefredakteur des „Odenwälder Bilderbogens", dass sich sein einziger Reporter kaum auf den Podcast konzentrieren konnte, in dem die Identität eines Serienkillers enthüllt wurde. Der Podcast hatte über zwölf Millionen Zuhörer, während die Auflage des Lokalblatts der Dreistelligkeit entgegen taumelte.

„Laubert, verdammt, ich rede mit Ihnen!", brüllte Stefan Gröllmann seinen letzten verbliebenen Mitarbeiter an. „Sie haben einen Lokaltermin! Jetzt sofort!"

Er warf Viktor Laubert einen Zettel hin. „Fellnasenregenbogenbrücke e.V.", las Viktor. Er hasste sowohl das Wort „Fellnase" als auch das Wort „Regenbogenbrücke". Kombiniert lösten sie beinahe körperliche Schmerzen aus.

„Das sind Tierschutzeumel, die bald Vereinsjubiläum feiern", erklärte sein Chef. „Sie fahren da jetzt hin, machen Fotos und schreiben ein paar Zeilen über die Arbeit der Ehrenamtler."

Laubert schaute erst auf die Wegbeschreibung, die ihn in die Täler am Katzenbuckel führen würde, und dann auf seine neuen Wildlederschuhe. Diese beiden Dinge passten genauso wenig zusammen wie „Odenwälder Bilderbogen" und „investigativer Journalismus".

„Sehen Sie zu, dass Sie süße Tierbabys vor die Linse kriegen", beauftragte ihn Gröllmann.

„Die sind alle tot", sagte Viktor. „Das ist ein Tierfriedhof. Oder was glauben Sie, was sich hinter dem Euphemismus verbirgt?"

„Naja", druckste Gröllmann herum. „Ich dachte halt, die sind ... also wegen Regenbogen."

„Sie dachten, die sind schwul", riet Viktor.

„Das heißt heute LBGTQ", verbesserte ihn sein Chef. Gröllmann hielt es also nicht nur für möglich, dass es Auffangstationen für homosexuelle Tiere gab, er glaubte auch, dass man Leser noch immer mit Lokalberichten fesseln konnte, in die er stets den Satz „Auch für das leibliche Wohl war gesorgt" hineinredigierte.

„Das Publikum will keine Helden, sondern Bösewichte", versuchte es Viktor ein letztes Mal.

„True Crime boomt total …"

„Wir sind hier im Odenwald", wurde er unterbrochen. „Da gibt's kein Kreim." Laubert verließ die Redaktion, stieg in den Bus Richtung Eberbach und schaltete seinen Podcast wieder an. Doch gerade als der Name des Killers genannt werden sollte, klopfte Gröllmann an die Scheibe. „Da haben Sie ihr Kreim, Laubert", brüllte er und schwenkte eine Polizeimeldung. „In Gammelsbach haben Unbekannte Zweige abgebrochen. Das können Sie auf dem Rückweg machen."

Drei Busse und einen Fußmarsch später stand Viktor in jenem idyllischen Fleckchen Odenwald, in dem der „Fellnasenregenbogenbrücke e.V." seine Haustiere verscharrte. Davon kündeten Grabsteine und Holzkreuze. Viktor entdeckte sogar ein geflügeltes Ungeheuer aus Beton. Offenbar lag hier auch ein Flugsaurier begraben.

„Das ist die Mitzi", klärte die Vorsitzende Renate Rebscher auf, die auf den Reporter gewartet hatte. „Die Katze unserer Kassenwartin. Frau Höppner hat ihr Engelchen selbst im Trauerkurs modelliert."

Viktor zückte sein Handy, um ein Foto zu machen. Allerdings nicht für seinen Bericht, sondern als Beweis, falls jemals der Tatbestand künstlerischer Grausamkeit eingeführt werden sollte.

„Von dort hat man das schönste Panorama", meinte die Vorsitzende und schob Laubert in Richtung einer Pfütze. Viktor tat einen Schritt zur Seite und rutschte auf einer Plakette aus, die einem gewissen „Mümmelchen" gewidmet war.

„Häschen in der Grube", dachte Laubert, dann schlug er der Länge nach hin, was Frau Rebscher aber keinesfalls veranlasste, ihren Redeschwall zu unterbrechen.

„Gerade im Heimtierbereich kann sich Sepulkralkunst viel freier entfalten. Wir haben noch mehr Katzenengelchen bei Frau Höppner bestellt", erläuterte sie.

„Sphingen heißen die! Geflügelte Katzen sind griechische Sphingen!", ächzte Viktor aus der Pfütze. „Das ist der Plural von Sphinx."

„Wenn Sie schon alles wissen, brauchen Sie wohl keine Führung", sagte Frau Höppner spitz. „Dann hole ich Ihnen jetzt ein Handtuch."

Ohne Viktor eines weiteren Blickes zu würdigen, setzte sich die Vorsitzende auf ihr Elektrorad.

Der nasse Laubert rappelte sich auf und versuchte vergeblich, sich gegen den eisigen Wind zu schützen. Sein Blick fiel auf den reichhaltigen Grabschmuck. Viktor streifte die nassen Klamotten ab und rubbelte sich mit einer Plüschkatze ab. Als er sich gerade eine Kranzschleife um die Hüften band, hörte er einen Motor.

In diesem Aufzug wollte er keinem Tierfreund begegnen. Laubert sprang über ein ausgehobenes Grab und suchte hinter dem Mitzi-Koloss Schutz, während sich ein Humvee über den Zufahrtsweg schob.

„Renaaade!", rief der Mann im butterweichen Idiom der nahen Bankenmetropole, der dem Gefährt entstieg. Der Mann sah aus wie er, erschauerte Viktor. Allerdings war es, als schaute er in einen Zerrspiegel, der ihn in einen Luden aus dem Frankfurter Bahnhofsviertel verwandelte.

Jedenfalls trug sein Doppelgänger einen auffälligen Anzug mit Leopardprintmuster. Fluchend öffnete das Unterwelt-Ebenbild den Kofferraum seines Gefährts und zerrte ein verschnürtes Bündel heraus.

Viktor stockte der Atem. Mit zitternden Händen zückte er sein Handy. Das war sein Scoop, sein Ausweg aus Gröllmans Provinzhölle. Viktor formulierte die Schlagzeile „Blutige Idylle: Grausamer Leichenfund auf Tierfriedhof?" und entwarf eine Dankesrede für den Preis, den sein True-Crime-Podcast „Blutige Idylle: Die Bestie vom Odenwald" erhalten würde, als sein Handy „Eye of the Tiger" bimmelte.

Es war Gröllmann, der auch einen Knüller vermelden wollte: In Lörzenbach wurde Odenwälder Kochkäsefest gefeiert. Für das leibliche Wohl war gesorgt.

Von Rockys Melodie aufgeschreckt, ließ Lauberts Ebenbild das Bündel los und glotzte die seltsame Erscheinung an, die hinter dem Betonmonster auftauchte.

Der Nackte war ihm wie aus dem Gesicht geschnitten, dachte Steve Bessler. Allerdings war es, als schaute er in einen Zerrspiegel, der ihn in einen perversen Irren verwandelte. Denn sein Doppelgänger trug nichts als einen Schurz mit der Aufschrift „Für meinen frechen Lumpi".

Im Rotlichtmilieu Frankfurts hatte der Türsteher Stefan „Steve" Bessler schon allerhand gesehen, aber Nekrophilie mit Tieren war ihm noch nie untergekommen.

Wortlos standen sich die beiden Männer gegenüber. Bis der eine Mann in die Innentasche seines Leopardenjacketts griff. Um eine Waffe zu ziehen, wie der andere Mann annahm. Dabei wollte das Vereinsmitglied Steve bloß die Vorsitzende anrufen.

Mit aller Kraft warf sich Viktor gegen die mannshohe Skulptur. Frau Höppners tonnenschwere Trauer geriet ins Wanken und schickte sich an, den talabwärts stehenden Leopardenmann zu zermalmen. Erschrocken machte Steve einen Ausfallschritt und stürzte kopfüber ins offene Grab, wo ein knackendes Geräusch in seinem Genick die Landung anzeigte.

Erst als Mitzi ihr Gleichgewicht wiedergefunden hatte, wagte sich Viktor aus der Deckung.

Der Killer im Grab war eindeutig tot, stellte der Lokalreporter fest, und widmete sich dem Mordopfer im Plastik-Etui. Doch als er die Plane aufschlug, entdeckte er bloß einen adipösen Bernhardiner.

„Das ist ja ein dicker Hund", entfuhr es Laubert, dann hörte er vom Waldweg einen Elektromotor. Das musste „Renaaade" sein.

Mit dem kaltschnäuzigsten Teil seines Journalistengehirns fällte Viktor eine Entscheidung. Er sprang zum Doppelgänger in die Grube, rupfte ihm den Leopardendress vom Leib und zog ihn an. Dann schob er den adipösen Hund ins Grab, der sein totes Herrchen gnädig überdeckte.

Diese Story war noch nicht auserzählt, ahnte Viktor, doch dafür musste er der Vorsitzenden als Undercover-Reporter entgegentreten. Er bestand den Wallraff-Test: Frau Rebscher busselte ihn ab und nannte ihn anstandslos „Schtief".

Viktor beschloss, vorerst zu schweigen. Das schien der Situation angemessen, außerdem gehörte Frau Rebscher zu den Personen, die keine Gesprächspartner zum Reden brauchten. „Ich hab' dir gleich gesagt, dass Grie Soß nicht gut für den Rocky ist, Schtief", schalt ihn die Vorsitzende. Rocky war nicht das erste Haustier, das Bessler in ein frühes Grab gefüttert hatte.

Der falsche Steve zuckte entschuldigend mit den Achseln.

„Hast du den Schreiberling noch getroffen?", wollte Renate Rebscher wissen.

Viktor schüttelte vorsichtig den Kopf.

„Da war eben so ein Heini vom Bilderbogen, der war dir wie aus dem Gesicht geschnitten", erzählte die Vorsitzende und musterte Viktor. „Naja, eine vage Ähnlichkeit, so ein Allerweltsgesicht hatte der halt."

„Hat er was rausgefunden?", fragte Viktor interessiert.

„Dass der härteste Türsteher von Frankfurt ein viel zu weichherziger Tierfreund ist?", grinste Frau Rebscher. „Deine Lieblinge ruhen in Frieden, solange du deinen Mitgliedsbeitrag zahlst", versicherte sie.

Doch als Viktor in den Hummer stieg, hatte der Mann im Leopardendress nur noch eine Mission: Er würde der Welt beweisen, dass die Ehrenamtler der Fellnasenregenbogenbrücke die Leichen der Frankfurter Unterwelt entsorgten, auch wenn der Türsteher Steve Bessler dafür posthum zum Auftragsmörder werden musste. Irgendwer musste den True Crime ja in den Odenwald bringen.

Assel e. V.

Clemens Behrouzi (Darmstadt

Wie so oft war es ein schöner grauer und verregneter Nachmittag auf der Terrasse von Cloport, der, wie der Name schon sagt, Asseldresseur ist im odenwäldischen Asselbrunn. Adalbert, seines Zeichens offiziell Elite-Assel und Liebling von Cloport, dachte über Asseln und die Welt nach. Wenn er ehrlich war, hatten er und seine Asseln sehr von Anderen profitiert. Auch wenn das manchmal Diebstahl war. Also eigentlich meistens. Genau genommen immer…
Egal, um so glücklicher war er, dass seine Asselkompanie und er unter Cloports Führung nun der Gesellschaft etwas zurückgaben. Sie waren nun nämlich im Kleingarten-Business tätig. Und das komplett ehrenamtlich. Cloport schaffte es, Vorsitzender zu werden. Und seine Asseln waren stolze Erstzersetzer im Komposthaufen. Die erhöhte Asseldichte im Vergleich zu gewöhnlichen Komposthaufen ließ eine äußerst effektive Kompostierung zu.
Adalbert erfüllte diese sinnstiftende Tätigkeit mit großer Zufriedenheit.
Wie jeden Tag machte er sich auf den Weg zum Komposthaufen. Als er an besagter Arbeitsstelle dazustieß, hüpfte ihm mit einem aufgeregten „Moin!", direkt Ottmar, die Ostseeassel, entgegen. Er war schon viel herumgekommen und hatte viel von der Welt gesehen. An dieser Stelle sollte angemerkt werden, dass Cloport und seine Asseln das Ehrenamt natürlich nicht ganz uneigennützig wahrgenommen hatten. Ab und zu fanden rein zufällig Leichen ihren Weg in den Komposthaufen der Asseln. Und dort zersetzten die Asseln sie dann professionell, unauffällig und rückstandsfrei. Das war eine gute Einnahmequelle, diese Dienstleistung an mörderische Kollegen anzubieten. Insbesondere, wenn man das Ehrenamt mehr oder weniger hauptamtlich führte.
Aber zurück zu Ottmar der Ostseeassel. Er hatte an der letzten Leiche ganz eindeutig eine unverkennbare Bernsteinnote wahrgenommen. Er musste das wissen. Da hatte er als alte Seeassel Erfahrung! Und dass die Leiche nach Bernstein

schmeckte, ließ nur einen Schluss zu: Die Person musste vor ihrem Tod etwas mit dem Bernsteinzimmer zu tun gehabt haben. Adalbert bedankte sich als Zersetzungsleiter recht freundlich für diese Information und trommelte die anderen Asseln zusammen. Sie beschlossen, an den Laptop von Cloport zu gehen und mal nach diesem Bernsteinzimmer zu googeln.

Das bedeutete, jede Assel auf eine Taste und dann in richtiger Reihenfolge springen. Nach der Anstrengung waren sie so erschöpft, dass sie auf das erst beste Video klickten, das ihnen angezeigt wurde. Aber auch nach wenigen Sekunden gähnten die ersten Asseln. Sie haben halt nun mal eine kürzere Aufmerksamkeitsspanne als Menschen. Adalbert hörte genau hin. Laut einem Gerücht wurde das Bernsteinzimmer zuletzt in Polen, genauer in Warschau, gesehen. Adalbert gab das Kommando, auf die Leertaste zu springen, um das Video anzuhalten.

Sie besprachen sich. Warschau hatten sie verstanden. Das kannten sie doch irgendwo her. Wo mochte das nur liegen? Andi, die Azubi-Assel, hatte eine Idee. Sie hatten sich wahrscheinlich verhört. Im Video wurde wahrscheinlich Wersau gesagt. Das war ganz in der Nähe.

Das sagenumwobene Bernsteinzimmer versteckte sich bei ihnen im Odenwald ganz in der Nähe!? Das mussten sie sofort Cloport, ihrem Asseldresseur erzählen! Adalbert zog an Cloports Hosenbein. Dieser bückte sich und Adalbert kletterte in die geöffnete und mit Sand gefüllte Zigarrenschachtel, die ihm Cloport hinhielt, mit der Adalbert für Cloport lesbare Spuren mit Purzelbäumen hinterlassen konnte, die wiederum Cloport ähnlich einem Strichcode lesen konnte. Als Adalbert fertig mit seiner Nachricht war, verdrehte Cloport nur die Augen. „Adalbert, schön, dass ihr mir helfen wollt, aber da habt ihr wahrscheinlich etwas falsch verstanden. Arbeitet weiter an eurem Komposthaufen!"

Adalbert sprang beleidigt aus der Zigarrenschachtel. Er tauschte sich mit seinen Kollegen aus. Wenn Cloport die Fährte nicht roch, dann mussten sie halt auf eigene Faust losziehen.

Was machte das Bernsteinzimmer eigentlich so wertvoll? Dass es aus besonderen Steinen bestand? In Wersau gab es auch einen besonderen Stein! Den Menhir von Wersau. Da waren sie letztes Jahr als Betriebsausflug mit Cloport gewesen. Wersau war ihnen sehr sympathisch. Dort gab es, wie in ihrem heimischen Asselbrunn, eine große Kläranlage. Das hat geruchstechnisch immer seinen ganz eigenen Charme. Was hörte Adalbert da? Das war doch das Serviceauto, das jeden Morgen von Kläranlage zu Kläranlage im Odenwald fuhr. Das war perfekt! Sie mussten nur zur Kläranlage Asselbrunn laufen und von dort als blinde Passagiere mit dem Serviceauto zur Kläranlage nach Wersau fahren. Der Mitarbeiter würde ebenso wie jeden Tag seine Werkzeugtasche neben sich auf den Boden stellen und kurz seine Zigarette rauchen. Währenddessen hatten sie genug Zeit, in die Tasche einzusteigen und es sich dort gemütlich zu machen.

Gesagt, geasselt. Chefassel Adalbert hatte die Verantwortung, das Geschehen außerhalb der Tasche zu beobachten, während der aus dem Auto ausgestiegene Mitarbeiter noch rauchte und dabei auf seinem Handy scrollte. Da raschelte es im benachbarten Busch. Hoffentlich war das keine hungrige Amsel, dachte Adalbert, begann dann aber fröhlich zu winken. Das war ja Mafia-Mario, der immer die leckeren Leichen brachte! Doch was hatte er in der Hand? Eine Pistole? Seine Fühler begannen zu beben. Eine Frechheit, Mafia-Mario konnte doch hier nicht einfach ihre Mitfahrgelegenheit umlegen. „Alle ins Hosenbein!" brüllte Adalbert. Die Asselarmee strömte aus der Werkzeugtasche in Marios Hosenbeine. Auf Adalberts Kommando begannen sie mit vereinten Kräften zu kitzeln.

Mafia-Mario fiel zu Boden und schoss aus Versehen in die Luft. Der laute Knall zog Aufmerksamkeit auf sich. Cloport, der in ihrem Haus auf der anderen Straßenseite saß, sie wohnten aus olfaktorischen Gründen nämlich direkt an der Kläranlage, wusste sofort, dass es einen Zusammenhang mit seinen Asseln geben musste. Er sprintete herüber. Als er den am Boden liegenden Mafia-Mario sah, den der Servicemitarbeiter zwischenzeitlich mit Kabelbindern und Panzertape unschädlich gemacht hatte, wollte er gerade anfangen seine Asseln zur

Rede zu stellen. Immerhin war Mario sein bester Auftraggeber in Sachen Leichenzersetzung.

Doch da hörte man schon Sirenen. Die Michelstädter Polizei. Der Servicemitarbeiter wurde blass. Er stürzte an den Kofferraum, entnahm zwei große Taschen und schlug sich in die Büsche. Das Polizeiauto stoppte direkt neben dem verschnürten Mafia-Mario. Ein rundlicher Polizist und eine junge Polizistin sprangen aus dem Wagen, blickten auf den am Boden liegenden Mario und nickten sich vielsagend zu.

„Der Herr mit der Baskenmütze", Cloport schaute erschrocken auf. Oh nein. Sie mussten ihn meinen. „Wie haben Sie das denn geschafft?"

Cloport blinzelte verwirrt.

„Das ist der gesuchte Mafiaboss, der wegen mehrfachen Mordes schon seit längerem auf unserer Fahndungsliste steht und nach dem wir seit Wochen mit allen verfügbaren Kräften suchen." Cloport lächelte kurz auf. „Mein Lieber, Sie wissen sicherlich, dass im Zusammenhang mit der Ergreifung dieses Mannes 2000 € ausgesetzt waren. Meinen herzlichsten Glückwunsch!" Der leicht dickliche Polizist klopfte dem immer noch etwas irritierten Cloport anerkennend auf die Schulter, während seine Kollegin Mario Handschellen anlegte. Mario warf ihm giftige Blicke zu. Aber sollte er nur auspacken. Geschichten mit dressierten Asseln würde ihm ohnehin keiner glauben. Und Leichen ohne einen speziell asselunterstützten Komposthaufen zu zersetzen war, insbesondere was Knochen anging, eine langwierige Angelegenheit und schon deshalb unglaubwürdig.

Die Polizisten bugsierten den schnaubenden Mario ins Auto, hoben die Hand zum Gruß und brausten vom Hof der Kläranlage.

Während Cloport die Fragen der zwischenzeitlich herbeigeeilten Presse beantwortete, ließ der Grund der überstürzten Flucht des Servicemitarbeiters Adalbert keine Ruhe. Was hatte sich wohl in dessen Taschen befunden? Um dieser Frage nachzugehen, machten sich einzelne Asseln auf den Weg, um einmal zu schauen, was sich im Kofferraum des Serviceautos befand. Per Assel-Räuberleiter erklommen sie den Wagen.

Ottmar erkannte den Geruch zuerst. Das war Bernstein. Ganz eindeutig.

Wenn Sie also in Warschau, äähh… Wersau oder anderswo im Odenwald verstärkte Asseltätigkeit bemerken, könnte es sein, dass die Asseln weiterhin auf der Suche nach einem flüchtigen Kläranlagenservicemitarbeiter mit zwei Taschen sind. Dann nehmen Sie in diesem Bereich bitte keine Anhalter mit, es sei denn, es handelt sich hierbei um Asseln.

Verstrickte Schatten

Dr. Vanessa Betti (Roodt/Syre - Luxemburg)

Sie knetete die knotigen Finger, rieb den linken Daumen am rechten Zeigefinger auf und ab. Ihr Blick haftete auf dem abgeplatzten Resopal an der Tischkante. Sie hatte doch aufgepasst beim Einladen der Kleidung, hatte mitgeholfen, auch wenn sie nicht mehr so schwer tragen konnte. Aber sie war ein bisschen durcheinander gewesen, das stimmte schon. Sie stützte sich mit dem Ellbogen auf den Tisch. Die Finger griffen automatisch nach dem Hörgerät, strichen über das Silikon, bevor sie das Kinn in die Handfläche stützte.

Rosa hatte ihr geholfen, das hatte sie nur noch fahriger gemacht. Genau. Rosa mit ihren bunten Aladinhosen und dem Federohrring. Sie atmete schwer aus. Diese Frau machte sie so nervös. Dann lag auch noch der Karton mit den Kinderkleidern oben. Kein Wunder, dass der junge Polizist so schockiert gewesen war. In den Kinderkleidern, meine Güte.

Warum hatte Mike heute Morgen auch diese Diskussion mit ihr angefangen?

Das Räuspern des Polizisten riss sie aus ihren Gedanken, ließ sie den Blick heben. Er schloss die Tür wieder hinter sich und setzte sich ihr gegenüber.

„Frau Han..."

„Fräulein Hansen, bitte", unterbrach sie ihn. Dann senkte sie den Blick zurück auf den Tisch. „Tut mir leid. Ich war nie verheiratet, wissen Sie? Ich war immer alleine mit Mike. Also meinem Sohn. Eigentlich sollte er mir auch helfen, die Spenden..."

„Fräulein Hansen. Es wird gleich noch ein Kollege mit Protokoll führen, damit das Verhör gesichert ist. Das ist das Standardprozedere."

Hanne atmete tief ein und nickte nur.

„Sie wissen, was wir in Ihrem Kofferraum gefunden haben?"

Hanne strich sich durch das Gesicht, um dann hoch in die wässrig blauen Augen des Kommissars zu blicken. Müde sah er aus. Müde und gelangweilt irgendwie. Vielleicht auch... resigniert?

Sie legte die Finger an die Tischkante.

„Ja, also... Nein... Wissen Sie, mein Sohn, Mike... Er wüsste jetzt, was zu tun ist. Er sollte mir auch helfen, aber er ist bei der freiwilligen Feuerwehr. Die haben heute eine Übung, deswegen musste ich allein fahren. Mike setzt sich immer so ein für alle."

Knarzend öffnete sich die Tür wieder, um einen zweiten Polizisten einzulassen. Mit einem schmalen Lächeln setzte er sich mit an den Tisch, nickte kurz zur Begrüßung und öffnete die Akte.

„Fräulein Hansen, in Ihrem Kofferraum haben wir Rauschmittel gefunden, eine größere Menge davon."

Hanne starrte durch den Kommissar hindurch. Warum ist Mike nicht hier? Gerade heute? Sie hustete.

„Ich dachte es mir, als ich den jungen Beamten sah, ja", flüsterte sie, räusperte sich, um dann fortzufahren, „Aber die Kartons sind von den Spenden. Ich hole sie seit 5 Jahren regelmäßig ab, mit meinem Sohn, und bringe sie dann in die Unterkünfte der Flüchtlinge oder in die Annahmestelle. Dieses Helfen... das hat Mike von mir."

Ihre Hände glitten zurück in den Schoß. Sie betrachtete die Altersflecken auf dem Handrücken. Es werden irgendwie immer mehr zwischen all den Fältchen. Ob man so eine alte Schachtel wie sie wohl in ein Gefängnis steckte? Noch nie hatte sie Probleme mit der Polizei gehabt. Aber seit diese Frau in ihr Leben gekommen war, lief irgendwie alles schief. Diese hinterhältige Rosa brachte ihnen nur Unglück, sie hatte es von Anfang an gewusst. Ja, gesagt hatte sie es ihm.

„Sie helfen schon lange bei Odenwald hilft?"

Sie legte den Kopf zur Seite.

„Ja, seit wir nach Erbach gezogen sind. Die Feuerwehr war einer der Gründe, warum wir nach Erbach gekommen sind, der andere Verein war dann schön für mich. So konnten wir beide helfen. Ich mag den Kontakt zu Menschen. Wissen Sie, in meinem Alter ist das nicht mehr so einfach."

Hanne versuchte sich an einem Lächeln, aber der Polizist rieb sich nur die Müdigkeit aus dem Gesicht.

„Hm. Ja, das ist sehr löblich, so viel Hilfe. Wie erklären Sie sich denn die Drogen in dem Karton mit den Kinderkleidern?"

Resigniert zuckte sie mit den Schultern. Was sollte sie sagen? Ihr war wohl irgendwie etwas durchgegangen, sie war unkonzentriert heute Morgen gewesen. Mike war mitten in der Diskussion so schnell aus der Tür gestürzt, für seinen Einsatz und, um ihren Argumenten auszuweichen.

Seitdem er regelmäßig bei dieser Rosa übernachtete, nahm er sich oft keine Zeit mehr für ein Frühstück mit ihr. Diese Göre war doch eh zu jung für Mike, und so... alternativ. Letztens hatte sie bei ihnen zuhause gekocht, was mit Dinkel. Naja. Richtige Frikadellen kannte Rosa offenbar nicht.

Dieses Schlamassel war Mikes Schuld. Hätte er sich etwas Zeit für sie genommen anstatt der Hetze, wäre sie nicht so durch den Wind gewesen. Dann hätte sie besser aufgepasst, es wäre ihr sicher etwas aufgefallen. Nun saß sie hier in diesem kleinen Kabuff.

Ohne Mike. Ohne Hilfe.

„Fräulein Hansen, wo haben Sie diese Kartons denn abgeholt?"

„Ich habe die Kleider in der Nachbarschaft gesammelt, sie standen bei uns. Ich kann mir nicht erklären, wie diese... Substanzen dazwischen gekommen sind", sie atmete hörbar aus.

„Der Karton stand unten im Gang. Die Freundin meines Sohnes hat mir geholfen. Ich kann nicht mehr so schwer heben, wissen Sie? Rosa heißt sie. Mehr weiß ich nicht. Aber sie ist eine nette, junge Frau, sehr zuvorkommend und hilfsbereit. Ich kann mir nicht vorstellen..."

Der junge Beamte schrieb emsig in seine Akte.

„Rosa, sagen Sie. Wann kam Rosa denn?"

„Gegen 9 Uhr. Mike war etwas gehetzt, um sich noch umzuziehen. Ich weiß ja selbst nicht, warum die beiden immer in diesem winzigen Studio von ihr schlafen – bei uns ist ja genug Platz. Dann wäre heute Morgen auch nicht so ein Tohuwabohu gewesen... In Ruhe hätte Mike mir helfen können."

„Ja, Mike war also nicht da. Sie waren also mit der Freundin allein?"

„Genau. Also erst später. Zuerst war er ja da. Aber nur kurz. Dann hat er Rosa und mich allein gelassen. Sie hilft auch bei der Ausgabe manchmal. Eine ganz liebe Frau. Sehr sanftmütig. Sie passt sehr gut zu meinem Sohn, er sieht immer so zufrieden aus, wenn sie mal vorbeischauen."

So ging die Fragerei noch eine ganze Stunde weiter. Hanne dampfte der Schädel, als sie die Polizeiwache erstmal verlassen konnte. Ihr Herz raste und zog ihr die Brust zusammen, sodass sie sich an der niedrigen Umfriedungsmauer abstützen musste. Sie konnte es nicht fassen, was Rosa angerichtet hatte. 72 Jahre musste sie alt werden, um bei der Polizei zu landen. Sie konnte es einfach nicht fassen. Noch nie war sie auf einem Polizeirevier gewesen. Noch nie. Nicht in Köln und schon gar nicht im Odenwald.

Als Hanne die Lustgartenstraße hochging zum Alten Wehr, hörte ihr Herz allmählich auf, gegen die Rippen zu hämmern. Ob Rosa wohl dafür bestraft würde?

Hanne kramte in ihrer Tasche nach den Zigaretten und dem Feuerzeug. Sie betrachtete das Zippo mit den funkelnden Steinchen, das Mike ihr letztes Jahr von seiner Reise nach Hamburg mitgebracht hatte, bevor sie lächelnd das Rädchen drehte. Der erste Zug an der Zigarette ließ die Anspannung noch weiter von ihr abfallen.

Sie beobachtete den Wasserlauf, zog weiter an der Zigarette. In ihren Gedanken ging sie den Morgen noch einmal durch, rief sich dann das Gesicht des Kommissars ins Gedächtnis, schüttelte den Kopf und nahm einen weiteren tiefen Zug. Naja. Musste Mike sich nun eben eine neue Freundin suchen. Es gab ja noch genug Frauen.

Als sie das Feuerzeug wieder verstaute, kramte sie erneut in ihrer Tasche. In der Hektik hatte sie ihren Bulgari-Ring einfach hineingleiten lassen. Sie streifte das Schmuckstück über und drehte es dann ein paar Mal um den Fingeransatz. Gut, dass sie den Ring im Polizeiwagen hatte abstreifen können. Nicht, dass noch jemand Fragen gestellt hätte. Den Schmuck zuhause sollte sie wohl besser verstecken, wenn die Polizei weitere Fragen stellte. Vor allem die beiden Colliers.

Irgendwie hatte sie ein bisschen Mitleid mit Rosa.

Aber es war natürlich viel logischer, dass die zwanzigjährige Hippienudel das Rauschgift verschob als die nette, ältere Dame mit der schmalen Rente. Hanne lächelte erleichtert, als sie die Zigarette ins Gras schnippte. Die nette, hilfsbereite Dame mit dem Sohn in der freiwilligen Feuerwehr. Beschwingt drehte Hanne sich um und ging weiter Richtung Spielplatz. Die nächsten Wochen mussten ihre Kunden wohl warten. Aber es war auch zu einfach gewesen mit den Spendenkartons die letzten Jahre. So grandios einfach.

Wäre sie doch aufmerksamer gewesen heute Morgen, sie hätte von Weitem etwas bemerkt und wäre nicht in die Verkehrskontrolle gefahren. Mike musste heute Abend sehen, wie sie das Problem lösen würden.

Zum Ufer hin

Ines Burghardt (Bonn)

Wasser war noch nie mein Element. Tief unten im kalten Dunkel wollte ich nie enden. Nein, mich hat es immer nach oben gezogen, mitten hinein in die Luft, wo der Wind an den Haaren zerrt und die Haut jede Änderung des Wetters spürt. Doch dieses Empfinden liegt lange hinter mir. Hier im Nass ist mir nicht viel geblieben. Deshalb wird es nun Zeit. Ich gebe es frei, bevor der See es nimmt. Schwimm nur zum Ufer hin, zum Ufer hin. Denn hier im Nass will ich nicht bleiben.

Wasser war schon immer Maras Element. Sie gehörte an ihren Dienstwochenenden morgens immer zu den ersten in der DLRG-Wachstation am Marbach-Stausee. Während die anderen mit dem Dienst begannen, schwamm sie selbst für eine halbe Stunde hinaus. Sie hatte den See dann meist für sich allein und konnte still auf dem Rücken treibend in den Himmel schauen. Sie liebte diesen schwerelosen Zustand. Doch heute war das Wasser in Bewegung und ließ sie nicht zur Ruhe kommen. Schon nach kurzer Zeit schwamm sie mit langen Zügen zurück zum Ufer. Im seichten Wasser stand sie auf, als sie plötzlich ein scharfer Schmerz durchfuhr. Schon oft hatte sie sich die Füße an spitzen Steinen im Uferbereich verletzt. Sie bückte sich, um zu prüfen, ob es blutete. Blut war nicht zu sehen, aber etwas schimmerte neben ihrem Fuß im Wasser. Sie griff nach dem kleinen Gegenstand und erkannte einen goldenen Ohrring. Schon wieder etwas für die Fundkiste, dachte sie, als sie den See leicht humpelnd verließ. Der Stausee gab viele Dinge wieder frei. Das Wasser schien nichts zu verlieren. Meist war es nur eine Frage der Zeit. Bei den Menschen hingegen, schien es andersherum zu sein. Das zeigte zumindest die gut gefüllte Fundkiste.

Mara hatte sich noch nie viel aus Schmuck gemacht. Schmuck war beim Schwimmen störend. Als sie den Ohrring in die Fundkiste legen wollte, erregte er trotzdem ihre Aufmerksamkeit. So ein Stück hatte sie bisher noch nie gesehen, kein gewöhnlicher Zierrat. Der Ohrring war rund. Im Ring waren verschiedene Werkzeuge abgebildet: unten eine Säge, darüber ein aufgeklappter Zirkel und sich kreuzend eine Axt und ein Beil. Wer wohl solche Ohrringe trug? Sie kramte ihr Smartphone hervor, fotografierte den Ohrring und startete eine Suche. Das Ergebnis war eindeutig: Der Ohrring musste einem Zimmermann gehört haben. Er gehört zur Kluft, die die Zimmerleute auf der Walz tragen. Sie konnte sich nicht daran erinnern, in letzter Zeit einen Gesellen auf Wanderschaft am See gesehen zu haben. Und selbst wenn, wäre er jetzt sicher schon weitergezogen. Sie legte den Ohrring in die Kiste und ging nach draußen, um ihren Wachdienst zu beginnen.

Ich habe mir schon immer viel aus Schmuck gemacht. Mein Schmuck zeigt, woher ich komme, zu wem ich gehöre., kurzum wer ich bin. Hier auf dem Grund wurde er zu meinem Rettungsanker. Nun ist es an der Zeit, das letzte Stück davon zu lösen. Die Strömung reißt die Kette los. Schwimm nur zum Ufer hin, zum Ufer hin. Denn hier im Nass will ich nicht bleiben.

Die Zeit stand still. Das tat sie immer, wenn jemand im Wasser in eine Notlage geriet. Mara hatte das Mädchen mit dem Fernglas beobachtet, eigentlich eine gute Schwimmerin. Dann war sie mehrmals getaucht, so als hätte sie auf dem Grund des Sees etwas entdeckt. Der vierte Versuch dauerte lange, sehr lange. Sie kam kurz, sichtlich entkräftet, an die Wasseroberfläche, tauchte dann aber wieder unter. Sofort informierte Mara über Funk das restliche Team, das schnell zur Unfallstelle gelangte und das Mädchen zügig bergen konnte. Zurück am Ufer kümmerte sich, nach der Erstversorgung durch die DLRG, der bereits zuvor alarmierte Rettungsdienst um sie. Mara ging dank der schnellen Rettung davon aus, dass das Mädchen sich gut erholen würde.
Nach dem Einsatz übergab Mara ihre Badeaufsicht an einen Kollegen und begann damit, das Rettungsboot für den nächsten Einsatz herzurichten. Dabei entdeckte sie im Innenraum

des Bootes eine Taschenuhr, versilbert und stark dunkel verfärbt. Danach musste das Mädchen getaucht haben. Mara nahm die Uhr und konnte sie öffnen. Innen gab es eine Gravur, die sie aber aufgrund der Verfärbung nicht lesen konnte.

„Die Zeit steht niemals still. In diesem Sinne, nutze die Zeit deiner Wanderschaft als Zimmermann weise, lieber Ivo!" Nach einer Reinigung war die Inschrift der Taschenuhr wieder sichtbar geworden. „Zimmermann", sofort fiel Mara der Ohrring wieder ein, auf den sie zu Beginn der Badesaison getreten war. Das konnte doch kein Zufall sein. Ihre Neugier war geweckt. Sie fand heraus, dass auch eine Taschenuhr zur Kluft eines Handwerksgesellen auf der Walz gehören konnte. Vielleicht hatte beides derselben Person, diesem Ivo, gehört? Sie überlegte, wer ihr weiterhelfen könnte. Wer kannte sich mit der Wanderschaft aus? Nur der Besitzer des Sägewerks im nächsten Ort fiel ihr ein. Er war als junger Mann selbst auf der Walz gewesen und hatte dabei die Tochter des Seniorchefs kennengelernt. Nach seiner Wanderschaft war er zurückgekehrt, beide hatten geheiratet und leiteten den Betrieb nun gemeinsam.

„Holz ist unser Handwerk!" Der Anrufbeantworter war direkt angesprungen, nachdem Mara die Nummer des Sägewerks gewählt hatte. Doch dann meldete sich eine Frauenstimme: „Eder, was kann ich für Sie tun?" Das war die Chefin. „Hallo Frau Eder, Mara Teichmann von der DLRG am Marbach-Stausee. Ihr Sohn hat bei mir seinen Schwimmkurs gemacht. Erinnern Sie sich?"
„Ach ja, Frau Teichmann. Wie geht es Ihnen? Wie kann ich Ihnen weiterhelfen?"
„Danke, gut! Jetzt in den Ferien ist viel los am See. Ich bin fast jedes Wochenende im Einsatz, morgen auch wieder. Ich hatte gehofft, Ihren Mann sprechen zu können. Er war als junger Mann doch auf der Walz, oder?"
Frau Eder schien etwas überrascht, antwortete aber: „Ja, wir haben uns sogar währenddessen kennengelernt. Er hat damals für einige Zeit als Geselle hier im Sägewerk gearbeitet. Wieso interessiert Sie das?"

„Ich suche jemanden, der sich damit auskennt und da ist mir Ihr Mann eingefallen. Im See wurde eine Taschenuhr gefunden. Ich denke, die Uhr hat einem Zimmermann gehört, der auf Wanderschaft war."

„Und wie kommen Sie darauf?", hakte Frau Eder plötzlich interessierter nach.

„In der Innenseite der Uhr gibt es eine Gravur", gab Mara zurück.

Frau Eder zögerte einen Moment. „Wenn Sie mir die Inschrift nennen, frage ich meinen Mann, ob er Ihnen helfen kann. Er ist gerade außer Haus."

Mara war Frau Eders Unsicherheit nicht entgangen. Sie beschloss, die Inschrift durchzugeben. „Na gut, im Deckel der Uhr steht: ‚Die Zeit steht niemals still. In diesem Sinne, nutze die Zeit deiner Wanderschaft als Zimmermann weise, lieber Ivo!'"

Am anderen Ende der Leitung blieb es kurz still. Dann verabschiedete sich Frau Eder hastig: „Danke, Frau Teichmann. Ich ähm, bin nicht sicher, ob mein Mann Ihnen hier weiterhelfen kann."

Das Zögern, das Mara gespürt hatte, war also nicht unbegründet. Hier musste sie dranbleiben: „Bitte sagen Sie Ihrem Mann, dass er mich zurückrufen soll!" Aber sie hörte nur noch das Freizeichen. Frau Eder hatte bereits aufgelegt.

Holz war mein Handwerk. Nie hätte ich gedacht, dass es mir eines Tages zum Verhängnis werden würde. Doch Neid und Eifersucht machen vor keinem Gewerbe halt. Lange Jahre habe ich dich nicht gesehen, aber jetzt bist du ganz nah. Das Wasser sagt, du suchst nach mir. Wir waren gemeinsam unterwegs, immer zu zweit, haben Arbeit und Freizeit geteilt. Bis zu dem Tag, als wir sie trafen, hier am See. Da sind wir zerbrochen und fragten uns, wer als erster untergeht. Du hast gelacht: „Schwimm nur zum Ufer hin, zum Ufer hin! Denn hier im Nass willst du nicht bleiben."

Der See ließ Mara alles vergessen. So war es immer, wenn sie über das Wasser blickte, auch an diesem Sonntagmorgen zu Dienstbeginn. Sie suchte das Gewässer mit dem Fernglas ab, manchmal waren so früh bereits die ersten Schwimmer unterwegs. Plötzlich hielt sie inne. Sie hatte ein kleines Ruderboot entdeckt, darin ein Mann. Sie stellte das Fernglas scharf. War das nicht Herr Eder, der Besitzer des Sägewerks? Ganz sicher war Mara nicht, das Boot war weit draußen. Aufgeregt beobachtete sie es, bis es stoppte. Der Mann blickte sich um, setzte eine Taucherbrille auf und ließ sich ins Wasser gleiten. Erst jetzt erkannte Mara die Stelle. Hier hatten sie das Mädchen geborgen. Instinktiv zog sie ihr Smartphone aus der Tasche und wählte die Nummer der örtlichen Polizeidienstelle.

Der See lässt mich nichts vergessen. Nie hätte ich gedacht, dass ich dem Wasser einmal danken würde; seiner Kraft, die alles und jeden zurückbringt – auch dich. Schwimm nur zu mir hin, zu mir hin. Denn hier im Nass werde ich nicht bleiben.

Manchmal hilft nur ausrangieren

Marion Demme-Zech/Marc Demme (Rehlingen)
Preisträger/in

„Den hab ich zur Kommunion gekriegt", sagt Magda und hält Heinrich und mir den Kassettenrecorder unter die Nase. „Ist immer tadellos gelaufen. So alt ist er noch gar nicht." Den Grundig C 410 mit eingebautem Kondensatormikrofon erkenne ich auf den ersten Blick. Ein Klassiker aus den frühen Siebzigern mit Ovallautsprechern. Manchmal leiert die Reihe. Da hilft es, den Tonkopf mit ein wenig Alkohol und einem Ohrstäbchen zu reinigen. Ansonsten sind die Stücke unkaputtbar.

„Ah. Ein Kassettenrecorder", stellt Heinrich wesentlich knapper fest und schnappt sich das Gerät, noch bevor ich die Hand überhaupt heben kann. „Ende Achtziger. Sehe ich auf den ersten Blick", behauptet Heinrich und schiebt seine Brille weiter vorne auf die Nase.

„In der letzten Zeit klingt der Udo Jürgens, als hätte er einen Schwips", erläutert uns Magda das Problem.

Heinrich dreht das Gerät in seinen Händen und schüttelt es kräftig neben seinem Ohr.

„Darf ich auch mal?", frage ich ihn. Eigentlich haben wir hier im Repair-Café in Reichelsheim heute beide Dienst. Eigentlich.

„Schwieriger Fall", wendet sich Heinrich an Magda. „Ich glaube, davon musst du dich trennen. Manchmal hilft nur ausrangieren."

„Schade", entgegnet Magda und nimmt den von Heinrich hingehaltenen Recorder entgegen. „Trotzdem danke", fügt sie mit einem Schulterzucken hinzu und macht Platz für den Nächsten.

„Oha, ein ferngesteuertes Auto", erkennt Heinrichs versiertes Auge.

Genauer betrachtet handelt es sich um einen Ferrari Schumacher Formula 1 aus dem Jahre 2003. Vierzig Stundenkilometer bringt der Flitzer auf die Straße. Oft machen die Kabel zum Batteriekasten Ärger. Das Problemchen lässt sich mit dem Lötkolben leicht beheben.

Der Junge vor uns ist der Enkel vom Willi, der jedes Jahr an Weihnachten das Dorf mit seinem handgemachten Odenwälder Lebkuchen beglückt. Der Kleine ist vielleicht acht oder neun. „Der ist von meinem Papa, aber der fährt nicht mehr", informiert er uns.

„Ärgerlich", erkennt Heinrich völlig richtig.

Ich unternehme erst gar keine Anstrengung, den Wagen an mich zu nehmen. Heinrich behandelt mich wie Luft. Seit elf Uhr, also seit guten drei Stunden, sitze ich schon neben ihm am Elektronik-Reparatur-Tisch und bisher durfte ich kein einziges Mal Hand anlegen. Dabei bin ich gelernter Elektriker und war jahrelang bei Bosch Rexroth in Erbach angestellt. Heinrich hingegen arbeitete sein Leben lang in der Versicherungsbranche und hatte früher in der Volksschule im Werken immer zwei linke Hände. Dass das besser geworden ist, wage ich zu bezweifeln. Trotzdem gibt er sich als absoluter Profi aus. Von Neuem beginnt er zu fachsimpeln. „Hm, eine kalte Lötstelle auf der Platine, schätze ich mal."

„Kann ich mir nicht vorstellen", mische ich mich ein. Bei so viel Ahnungslosigkeit kann ich den Mund nicht halten.

Heinrich geht nicht darauf ein. Er zieht nur hochnäsig die Augenbrauen in die Höhe. „Das wird ein wenig dauern. Ich muss ans Herz des Wagens ran." Seine Stimme hat einen derart dramatischen Klang angenommen, als würde es um Leben und Tod gehen und nicht um ein schlichtes Spielzeugauto, das mit hoher Wahrscheinlichkeit einfach nur durch ein lockeres Kabel ausgebremst wird. Heinrich eben. Der war schon in der Reichenbergschule in der ersten Klasse mein Banknachbar und ein unerträglicher Aufschneider. Jetzt, fast siebzig Jahre später, hockt er nochmals neben mir und geht mir nicht weniger auf die Nerven.

Um den Tisch sammeln sich immer mehr Leute. Auch wenn Heinrich mit völliger Ahnungslosigkeit am Werk ist, ist er ein Profi darin, anderen vorzugaukeln, dass er weiß, wo's langgeht. Exakt wie früher. Die Lehrer haben ihn damals geliebt, und das, obwohl er nur selten etwas mit Substanz von sich gegeben hat. Ich hingegen führte aufgrund meiner Schüchternheit eher ein Schattendasein. Gegenwärtig fühle ich mich wieder genauso, wie ein Schatten, den keiner wahrnimmt. Heinrich zerlegt das Modellauto in seine Einzelteile. Dabei spart er nicht an mit Fachwörtern gespickten Kommentaren, wie „Oho der Prozessor. Das Zentralgehirn des Wagens." Währenddessen weist er auf einen Transistor, der Trottel. Trotzdem steht der Mund von dem Kleinen weit auf, so als würde sich dort vor seinen Augen ein echtes Weltwunder abspielen. Nun macht sich Heinrich mit dem Schraubendreher an der Platine zu schaffen. Mit der Zunge spielt er dabei an seiner Lippe. Es herrscht Totenstille um uns.

Das Knacksen der Platine lässt alle aufzucken. „Verflixt!", murmelt Heinrich. „Das hätte jedem passieren können." Eine Aussage, die ich so nicht unterschreiben würde.

„Aber das kriegen Sie wieder hin?", will der Kleine wissen. Glücklich sieht er nicht aus, eher so, als würde er jede Sekunde in Tränen ausbrechen.

„Manchmal sind auch mir die Hände gebunden", erwidert Heinrich theatralisch. „Alles auf unserer Welt hat sein natürliches Ende und dieser Punkt ist bei deinem Auto bedauerlicherweise erreicht." Heinrich schaut sich um und entdeckt dann hinter sich, wonach er gesucht hat: eine Pappkiste. In aller Ruhe legt er die traurigen Reste des roten Ferraris in den Karton. Nun laufen bei dem Jungen tatsächlich die Tränen.

„Du kommst drüber weg", weiß Heinrich und reicht ihm die fertiggepackte Kiste hin. „Das Leben ist ein beständiges Abschiednehmen. Das kann man nicht früh genug lernen."

Jetzt ist die Leni aus unserem Jahrgang an der Reihe. Alt ist sie geworden, aber ihre braunen Augen sehen fast noch so hübsch aus wie früher. Unser Hausmeister Günther stemmt ihr den alten Röhrenfernseher auf den Reparaturtisch. Der Kasten muss aus den späten Achtzigern stammen. Ein winziges Sichtfeld und der Rest ist enorm wuchtig.

„Der hat schon Farbe", sagt Leni stolz.

„Oha", erwidert Heinrich, während er das Ding von allen Seiten beschaut. „Gepflegt ist er, alle Achtung."

„Was hat er denn?", wage ich mich zu fragen, was bei Heinrich ein genervtes Aufschnaufen hervorruft.

„Vorgestern bei der Hessenschau wurde er beim Wetter zappenduster. Von jetzt auf plötzlich." Leni zieht die Schultern hoch. „Kann eigentlich nicht viel sein", fügt sie hinzu.

„Da muss ein Fachmann ran", sagt Heinrich und wirft mir einen warnenden Seitenblick zu, der mir wohl deutlich machen soll, wer mit den Worten Fachmann gemeint ist. Ich lass ihn gewähren. Auf einen Streit, hier vor dem ganzen Orga-Team und den Gästen, bin ich nicht scharf. Ich weiß zu gut, wie ausfallend der Kerl beim kleinsten bisschen Kritik werden kann.

Heinrich macht sich an der schwarzen Verkleidung des Fernsehers zu schaffen. „Schraubendreher", zischt er. Ich halte ihm den mittleren Kreuzschlitzschraubendreher hin. Kaum ist das Gehäuse abmontiert, wendet sich Heinrich dem Transformator zu. „Eins a!", urteilt er und streicht mit der Hand einmal über die Bildschirmröhre und wieder zurück. „Tipptopp gepflegt, Leni."

Die Aussage bringt Lenis hübsche Augen zum Leuchten.

Jetzt wendet sich Heinrich den Kondensatoren zu. Mit den bloßen Händen fummelt er an der Elektronik und kratzt mit dem Fingernagel an den Lötstellen herum.

Oh, Mann, denke ich. Das, was Heinrich da macht, ist brandgefährlich. Nicht selten stehen die Kondensatoren noch unter Reststrom, und das kann ungemütlich werden. Ich muss ihn warnen: „Tschuldigung, Heinrich, aber ..."

„Klappe, du Stümper", fährt er mich an. „Stör mich nicht."

In der Sekunde wandern seine beiden Hände zu den Kabeln neben den Kondensatoren, an denen er blindlings zieht. Mir wird mulmig. Ich atme tief durch und wage einen erneuten Vorstoß. „Du weißt schon, Heinrich, dass da Strom ..."

„Ich weiß, dass ich in jedem Fall schon mal weit mehr weiß als du", tönt es aus dem Inneren des alten Röhrenfernsehers. Mittlerweile ist Heinrichs gesamter Kopf darin verschwunden. „Albert, du alter Friedhofselektriker willst mir sagen, wie ich ..."

Was er mir genau sagen will, darüber informiert Heinrich mich und auch die anderen Anwesenden nicht mehr. Ein lautes Peng übertönt seine möglicherweise letzten Worte. Dafür jedoch kommt Bewegung in ihn. Er zuckt am ganzen Körper.

Es dauert zum Glück nicht allzu lange, bis der Reststrom im Kondensator abgebaut ist. Keine zwei Sekunden später sinkt Heinrich zu Boden. Auch die Zeit, bis Notarzt und Krankenwagen vor Ort eintreffen, ist erstaunlich kurz. Noch verblüffender ist für mich, wie schnell die junge Notärztin die Diagnose bei der Hand hat. „Könnte knapp werden, er hat ein schwaches Herz", weiß sie schon nach wenigen Minuten. Wir verstehen, was sie uns damit sagen will. Alte Dinge sind manchmal nur noch schwer in Schuss zu bekommen. So ist das Leben.

Nachdem Heinrich abtransportiert ist und der Aufruhr ein Ende hat, wendet sich Leni an mich: „Und was ist jetzt mit meinem Fernseher, Albert?"

Ich überlege. Die Chancen für die alte Kiste stehen nach dem Vorfall äußerst schlecht. „Weißt du was, Leni? Du kannst meinen alten haben, den benutze ich sowieso nicht mehr." Kaum habe ich das ausgesprochen, kommt mir Heinrichs Satz von vorhin in den Sinn. „Schade, aber manchmal hilft eben nur noch ausrangieren."

Anders pfiffig

Alexandra Dorn (Niedernsill – Österreich)

Michael verteilte Flyer. „Oh, eine Fahrt zum Römerfest in der Villa Haselburg", strahlte Erna, „da wäre ich dabei." „Ich war vor einigen Jahren schon einmal dort, ist ganz nett", meinte Robert. „Da könnt ihr gleich das testen, was ich euch gezeigt habe: Der Schutz vor Taschendieben und alle anderen Sicherheitsvorkehrungen, wenn man in einer Menschenmasse unterwegs ist", sagte Michael lachend. „Da ist es ja gar nicht so voll", merkte Robert an. „Sei doch nicht so griesgrämig", sagte Erna zu ihm. „Der ist immer so", grinste Martha, „ich kenne ihn von unserer Altenstube." „Ich kann diese ganze Angstmacherei nicht mehr hören. Überall sollen wir Senioren aufpassen, dass uns nichts passiert. Sogar zuhause ist man nicht mehr sicher durch diese ganzen Telefonbetrügereien. Früher war das nicht so schlimm", murrte Robert. „Sei doch froh, dass uns Michael auf die Gefahren aufmerksam macht. Als pfiffige Senioren sind wir doch eine Super-Gemeinschaft und dieser Viertage-Kurs ist doch toll", meinte Ernst, „gemeinsam sind wir stark. Da können uns Kriminelle nichts mehr anhaben. Und wenn wir danach noch Probleme haben, dann ist immer ein Ansprechpartner für uns da." „Das sagst du", sagte Robert, „Ich denke, es gibt keine 100 %ige Sicherheit." Michael wurde ernst: „Da hast du recht, Robert. Die kriminelle Energie ist so hoch, da ist es gar nicht möglich, absolut sicher zu sein. Aber je mehr man für gewisse Gefahren sensibilisiert ist, desto sicherer lebt man." Erna legte Robert die Hand auf die Schulter. „Schau, Michael macht das alles in seiner Freizeit. Zusätzlich zu seinem harten Job als Polizist." „Ja, ist schon gut", murrte Robert. „Gut, Mädels und Jungs", klatschte Michael in die Hände, „wir sehen uns morgen wieder, an derselben Stelle bei der gleichen Welle", grinste Michael. „Was soll dieser Spruch nun wieder bedeuten?", brummelte Robert, „wir wohnen doch nicht am Meer, sondern in Höchst, da gibt es keine Wellen." „Ach komm, das hat er doch nur symbolisch gemeint", meinte Erna empört. „Dann soll er Klartext reden und nicht so einen Schwachsinn von

sich geben", schimpfte Robert. „Wieso bist du eigentlich hierhergekommen", wollte Martha wissen, „du hast doch überhaupt kein Interesse an diesen Dingen." „Weil mein Sohn mich dazu gedrängt hat", sagte er miesmutig. „Er meinte, es wäre sinnvoll für mich", ächzte er verächtlich. Michael unterbrach die Unterhaltung: „Meine Lieben, ich habe übrigens morgen noch eine Überraschung für euch. Wir hatten ja über die Enkeltrick-Masche gesprochen und ich bringe jemanden mit, der aus der Szene ausgestiegen ist. Er hat seine Strafe abgesessen und die Seiten gewechselt. Nun unterstützt er Kampagnen gegen diese Betrüger." Die Seminar-Teilnehmer sahen ihn groß an. „Oh, das ist ja aufregend", meinte Erna. „So aufregend ist das nicht", meckerte Robert, „ob der wirklich so ein Unschuldslamm ist, wer weiß." „Du hast aber auch an allem herumzumäkeln", schimpfte Erna. „Dann sehen wir uns morgen. Ich wünsche euch noch einen schönen Abend", sagte Michael. „Und nicht so viel Unsinn anstellen", fügte er grinsend hinzu, „ihr seid schließlich meine Schätzchen."
Am nächsten Morgen traf sich die Seniorengruppe wieder im Seminarraum. Erna war ganz aufgeregt. „Ein echter Verbrecher kommt heute", sagte sie. „Ich weiß nicht, bin zwar kein Robert, aber auch skeptisch", meinte Martha. Als alle da waren, betrat Michael mit dem Gast den Seminarraum. Ein Mann mittleren Alters mit schütterem Haar. „So, meine Youngsters, das ist David. Er wird euch etwas aus seiner Praxis erzählen." „Der ist mir unheimlich", flüsterte Martha Erna ins Ohr, „und er kommt mir bekannt vor. Ich weiß nur nicht, woher." „Der ist doch harmlos, hat seine Strafe abgesessen. Jeder hat eine zweite Chance verdient", meinte Erna. „Ich weiß nicht!" Martha blieb skeptisch. Robert verhielt sich auffallend ruhig.
David fing an, aus seiner kriminellen Vergangenheit zu erzählen. Die Seniorinnen und Senioren hörten ihm gespannt zu. Die Zeit verging wie im Flug. Anschließend meinte Michael: „Ich schlage vor, wir gehen gemeinsam zum Mittagessen. Dann könnt ihr noch Fragen stellen, wenn ihr wollt." Die Teilnehmer nickten zustimmend. „Gut, dann treffen wir uns in 10 Minuten nebenan in der Kronenstube."

„Ich gehe noch zur Toilette, dann komme ich", meinte David.

„Okay! Dann bis gleich", sagte Michael. In der Kronenstube fanden sich so nach und nach alle Teilnehmer ein, nur David fehlte noch. Nach einer Weile meinte Michael: „Ob er es nicht gefunden hat! Ich werde einmal nachschauen, wo er bleibt." Als Michael weg war, meinte Erna zu Martha: „War schon interessant, oder?" „Na ja", antwortete Martha. Robert, der die ganze Zeit erstaunlich ruhig war, mischte sich ein. „Ein Knastbruder, der angeblich geläutert ist, dass ich nicht lache. Der hat doch noch Dreck am Stecken und wenn Michael ihn so gut kennt... Ich habe gleich gesagt, diesen Kurs kann man vergessen." „Robert", schimpfte Erna, „der Michael ist Polizist und kein Verbrecher. Wir sollten nicht so über unsere Gesetzeshüter herziehen, sondern sie respektieren." Robert brummelte irgendetwas Unverständliches vor sich hin, dann verstummte er.

In diesem Moment kam Michael in den Gastraum gestürzt. Er war leichenblass. „Der David", sagte er atemlos, „der David..." „Ja, was ist denn mit dem David?", meinte Erna verblüfft. „Er liegt in der Toilette, er ist tot." „Waaass?", sagte Erna entsetzt, „wieso tot?" „Tot, einfach tot. Er liegt in einer Blutlache auf dem Boden", sagte Michael, der sich wieder gefasst hatte. „Ist er gestürzt?", wollte Ernst wissen. „Nein, ich glaube nicht. Es sieht aus, als hätte er einen Schlag auf den Kopf bekommen. Aber das muss der Gerichtsmediziner feststellen. Ich muss meine Kollegen verständigen."

Kurze Zeit später trafen zwei Streifenwagen und die Spurensicherung ein. Die Seminarteilnehmer hatten geschockt dem Treiben zugesehen. Keiner sagte ein Wort. Michael wollte seinen Kollegen den Tatort zeigen, zu seinen Kursteilnehmern sagte er: „Keiner verlässt die Gaststätte, bis ich wieder zurück bin. Ich habe Fragen."

Langsam löste sich die Schockstarre bei den Zurückgebliebenen. „Das ist ja fruchtbar", sagte Erna erschüttert. „Das war bestimmt einer seiner früheren Kumpels, die nicht damit einverstanden sind, dass er die Seiten gewechselt hat", meinte Robert. „Aber woher sollten die wissen, dass er hier ist?", fragte Ernst. „Das stimmt auch wieder", gab ihm Robert recht. In diesem Moment kam Michael zurück. Viele neugierige Augenpaare sahen ihn an. „Also, so wie es aussieht, wurde er wirklich erschlagen." Michael sah sich in der Runde um. „Ich bin zwar auf diesem Gebiet kein Spezialist, da ich zur Betrugsabteilung gehöre, aber von der Grundausbildung weiß ich einiges darüber." Er sah streng in die Runde. „Hat irgendjemand von euch etwas gesehen oder bemerkt?" „Du verdächtigst einen von uns?", rief Robert empört. „Nein, ich verdächtige niemanden. Ich will doch nur Fakten sammeln." „Ja, ja, das hat sich gerade anders angehört", schimpfte auch Ernst. „Dann werdet ihr alle aufs Revier bestellt, wenn ihr nicht mit mir reden wollt", sagte Michael verärgert. „Nein, wir haben nichts gesehen oder bemerkt", meinte Erna. Alle bestätigten Michael, dass sie nichts gesehen oder bemerkt hatten. Michael schlug die Hände über dem Kopf zusammen. „So ein Mist! Jetzt locke ich ihn hierher und dann passiert so etwas." Er sah sich noch einmal in der Runde um. Warum hatte er sich das mit den Senioren nur angetan! Sie waren manchmal schon bockig. Auf der anderen Seite waren sie aber auch lieb. Auf einmal fiel ihm etwas auf. Nein, dachte er, das kann nicht sein! Er ging auf Martha zu. Sie versuchte, sich klein zu machen. Die anderen sahen ihn erstaunt an. Was wollte er von der ruhigen ängstlichen Martha? „Martha? Ist es dir kalt?", fragte er. „Nein, wieso?" „Weil du deine Jacke bis oben zugeknöpft hast. Könntest du die bitte einmal ausziehen." „Nein, warum sollte ich", erwiderte sie trotzig. „Weil ich die Polizei bin und wenn du es nicht tust, wirst du von meinen Kollegen mit aufs Revier genommen." Langsam öffnete sie ihre Jacke und dann sahen es alle. Ihre Bluse war mit Blut bespritzt. Die anderen schrien entsetzt auf. „Warum, Martha?", wollte Michael wissen. Martha senkte den Kopf. „Bevor er ins Gefängnis kam, hat er meine Schwester betrogen. Sie hat alles verloren. Sie hat sich danach umgebracht. Als er seine Fälle vorstellte, ist es mir wie Schuppen von den Augen gefallen. Ich bin ihm auf dem Weg zur Toilette gefolgt, und wollte mit ihm reden. Das Einzige, was er sagte, war, er hätte seine Strafe dafür ja abgesessen, was ich denn wolle. Kein Bedauern, keine Entschuldigung. Da sind bei mir die Sicherungen durchgebrannt und als er sich umdrehte, habe ich ihm eine Statue, die im Flur stand, über den Kopf gezogen. Er ist hingefallen und hat noch kurz gezuckt, dann war es vorbei." Michael war geschockt. So hatte er sich seine Tätigkeit als ehrenamtlicher Helfer nicht vorgestellt. Ausgerechnet einer seiner Schützlinge!

Ausgleichende Gerechtigkeit

Anke Elsner (Münster)

Natürlich war Michelstadt nicht der erste Ort, den sie für ihre Aktivitäten auserkoren hatte, und es gab immer ein minimales Risiko. Aber gerade nach ihren zahlreichen Erfolgen als Ehrenamtliche in anderen Städten zweifelte sie nicht daran, auch in dieser idyllischen Gegend wieder ans Ziel zu gelangen. Seit knapp einem halben Jahr lebte sie nun schon in dem gleichnamigen Stadtteil, zog vorsichtig Erkundigungen ein und bereitete sich auf ihren Einsatz vor. Als „Frau Trumpfheller" – diesen im Odenwald häufigen Namen hatte sie sich aus dem Telefonbuch entliehen – schloss sie während der Seniorennachmittage im Neuen Gemeindehaus lockere Bekanntschaften und kundschaftete die Lage aus. Herr Schnellbacher schien ein lohnendes Opfer. Sobald sie dies erkannt hatte, bot sie der Pfarrerin an, bei der Kampagne „Lesen macht Freu(n)de" ehrenamtlich mitzuarbeiten und dem alleinstehenden älteren Herrn einmal in der Woche etwas vorzulesen. Damit begann vor einem Monat ihr Einsatz als Lesepatin, der sie ihrem Traum vom Glück ein Stückchen näher brachte.

Auch an diesem Tag. Ungeduldig zog sie den wadenlangen dunklen Rock ihres Wollkostüms, der sich etwas verschoben hatte, wieder an die richtige Stelle, während sie ihrem Ziel zustrebte. Die passende dunkelgrüne Bluse mit dem Stehkragen vervollständigte den respektablen Eindruck ebenso wie die praktischen flachen Schnürschuhe. Nicht zu vergessen die braune Handtasche mit den großen Silberschnallen, ein wenig auffällig vielleicht, aber das wichtigste Utensil und von Anfang an ihr Talisman.

Sie tastete kurz mit der rechten Hand nach dem Haar, aber war sich bereits vorher sicher, dass alle grauen Strähnen der Dauerwelle am richtigen Platz lagen. Ihre dunklen, knopfartigen Augen huschten wie jedes Mal, wenn sie durch die Mauerstraße lief, hin und her: Was für eine Verschwendung – warum musste der alte Mann in dieser malerischen Umgebung ein Haus besitzen, das er zu allem Überfluss auch noch selbst bewohnte? Er sah eh immer schlechter und konnte sich aufgrund seines Rheumas manchmal nur noch schwer bewegen – im Gegensatz zu ihr. Seufzend schaute sie sich um: Überall Fachwerk, in der Nähe das historische Rathaus und die Evangelische Stadtkirche, deren bauliche Ursprünge ins 15. Jahrhundert zurückdatiert wurden – einfach ein Traum. Und alles, was man brauchte, war fußläufig zu erreichen, selbst der Stadtgarten direkt hinter der alten Stadtmauer, falls man einmal spazieren gehen wollte. Aber dafür musste man fit sein, nicht wie Herr Schnellbacher kurz vor dem Dahinscheiden. Sehr kurz davor.

Ihre schmalen Lippen verzogen sich zu einem grausamen Lächeln, als sie an das Testament des Pensionärs dachte, das in seiner Nachttischschublade lag. Es wäre nicht das erste Mal, dass sie ihre natürliche Begabung für das Nachahmen von Schriften einsetzen würde. Die Zeit war reif. Allein die Aussicht darauf, schon bald selbst in dem Fachwerkhaus des alten Mannes zu leben, ließ ihren Gang beschwingter werden. Sie würde für immer in Michelstadt bleiben, zur Ruhe kommen, so sah der Plan aus. Das Alter machte auch vor ihr nicht halt.

Energisch drückte sie den Klingelknopf. Schon wenige Sekunden später öffnete sich die Tür und Herr Schnellbacher schaute ihr freundlich entgegen. Manchmal tat es ihr fast leid, dass er sterben musste. „Guten Morgen, Herr Schnellbacher, wie geht es Ihnen heute?" „Sehr gut, gnädige Frau!" An seine Marotte, sie derart zu titulieren, hatte sie sich inzwischen gewöhnt, fand es sogar ein wenig schmeichelhaft. Auch sonst gab es eigentlich nichts an dem betagten Herrn auszusetzen. Seine gepflegte, schlanke Erscheinung ließ ihn jünger wirken als die 87, die man ihr als sein Alter mitgeteilt hatte. Lediglich, wenn er sich - eingeschränkt durch seine rheumatische Erkrankung - bewegte, merkte man ihm die Jahre an. Kommissar bei der Kriminaldirektion Darmstadt war er gewesen, aber seine aktive Zeit lag weit in der Vergangenheit. Allerdings hatte er sich sein Interesse an Verbrechen in Form von einer Vorliebe für ältere britische Kriminalromane erhalten: Ob Agatha Christie, Dorothy L. Sayers oder P.D. James, er verehrte sie alle.

An diesem Vormittag wartete ein Buch von Agatha Christie darauf, dass sie ihm daraus vorlas. „Nikotin" hieß der Titel, wie passend. Nicht, dass Nikotin heute noch häufig benutzt wurde, um jemanden zu ermorden. Mittlerweile gab es viel effizientere Mittel, und wenn man sich – wie sie – auskannte, blieb auch die Gefahr einer Entdeckung nach der Tat sehr gering. Wie oft hatte es jetzt schon geklappt? Irgendwann musste sie mal genau nachrechnen.

Bevor sie sich im Wohnzimmer niederließen, blickte sie den alten Mann strahlend an. „Setzen Sie sich ruhig schon mal hin, ich mach uns einen schönen Tee." Mit diesen Worten verschwand sie in der Küche, während ihr Gegenüber ihren Vorschlag befolgte. Kaum hatte sie die Küche betreten und den Automaten angestellt, öffnete sie die Handtasche, um das Gift herauszunehmen. Es wirkte jedes Mal schnell und schmerzlos: eine etwa dreiminütige Phase der Lähmung, in der sie ihre Opfer immer gerne über das bevorstehende Ende aufklärte, und dann kam die Dunkelheit. Eigentlich ein schöner Tod für die alten Herrschaften. Sie lächelte, als sie das Pulver in die rechte Tasse rieseln ließ. Glücklicherweise beharrte Herr Schnellbacher immer auf seinem silbernen Lieblingsteelöffel, während sie für sich ein Edelstahlexemplar aus der Besteckschublade herausholte. Auf diese Weise bestand keine Verwechslungsgefahr. Die Teemaschine verrichtete bereits laut zischend ihren Dienst. Da die Kanne auf der Warmhalteplatte verbleiben würde, konnte sie alles perfekt in der Küche vorbereiten.

„So, da bin ich schon!" Vorsichtig stellte sie die Tassen auf den Wohnzimmertisch, jede an den richtigen Platz. Doch bevor sie sich setzen konnte, schaute sie der alte Herr bittend an. Es war klar, was kommen würde, fast schon ein Ritual: „Liebe gnädige Frau, würden Sie wohl noch die Dose mit den Keksen holen, die oben im Küchenschrank steht? Meine Nachbarin hat sie gestern vorbei gebracht und will bestimmt irgendwann wissen, wie sie geschmeckt haben." Mit einem Seufzer beeilte sie sich, in die Küche zu kommen, um die Plätzchen zu besorgen. Jedes Mal brauchte er irgendwas, was sie für ihn heranschaffen sollte, und wenn's das Fotoalbum aus dem Schlafzimmer war. Und jetzt fand sie das Gewünschte nicht mal. Wo … natürlich, ganz hinten im mittleren Fach. So langsam wurde er scheinbar auch noch vergesslich.

Entschlossen griff sie nach der Dose, um schleunigst ins Wohnzimmer zurückzukehren und sich zu setzen. Ein kurzer Blick auf die Tasse gegenüber – perfekt, halb leer. Durstig nahm auch sie einen großen Schluck und blickte Herrn Schnellbacher forschend an. Eigentlich müssten sich bereits erste Symptome zeigen, doch er hob nur fragend seine buschigen Augenbrauen: „Ist irgendetwas? Sie wirken so … angespannt könnte man sagen." Gerade, als sie etwas erwidern wollte, fiel ihr auf, dass ihre Lippen sich weigerten, Worte zu formen. Die Teetasse entglitt ihrer Hand und die dunkle Flüssigkeit ergoss sich auf den Teppich. Jetzt versagten also auch noch die Hände.

Der ältere Herr blinzelte sie lächelnd an: „Darauf habe ich gewartet. Eine liebe Freundin schrieb mir vor einiger Zeit ein wenig beunruhigt von einem verwirrenden Ereignis in ihrem Dorf. Eine alleinstehende Seniorin, die regelmäßig Besuch von einer ehrenamtlichen Kraft bekam, mit der sie Tee trank und längere Spaziergänge unternahm, wurde plötzlich tot aufgefunden. Es gab keinerlei Hinweise auf Fremdverschulden. Seltsam schien nur, dass diese ältere Dame ihr gesamtes Vermögen der sogenannten „Bewegungspatin" vermacht hatte, obwohl sie diese noch gar nicht lange kannte. Kurze Zeit später verließ die Frau den Ort. Beschreiben konnte meine Freundin sie nicht, aber sie meinte, das Auffallendste an ihr sei eine braune Handtasche mit großen silbernen Schnallen gewesen, die sie überallhin mitnahm. Als ich die bei Ihnen sah, schien es mir ratsam, ein wenig vorsichtig zu sein. Deshalb habe ich", nun deutete er auf den Tisch, „von Anfang an jedes Mal Teetassen und Löffel getauscht. Sicherheitshalber."

Auch wenn ihre Augenlider immer schwerer wurden, konnte sie noch seinen Gesichtsausdruck erkennen: ein triumphierendes Grinsen, anders ließ es sich nicht beschreiben.

„Nun, gnädige Frau, wie fühlt sich das an? Ausgleichende Gerechtigkeit nennt man das wohl. Das Gift …" Die Stimme des Mannes wurde leiser, ihr Atem ging flacher. Nie hätte

Frau Trumpfheller gedacht, dass ein Ehrenamt so gefährlich … und dann kam die Dunkelheit.

Rache ist tödlich

Angela Flath

„Ladies and Gentlemen! Seid ihr bereit für die unwiderstehliche neue Dimension des Datings? Vergesst Tinder und Co - hier bei der Grusel-Love-Tour erlebt ihr Liebe live zum Anfassen!", begrüße ich die sechs Teilnehmer meiner Führung. Immerhin sind es heute genug Interessierte, dass wir die Führung nicht absagen mussten, denn das Interesse hat in den letzten Jahren drastisch abgenommen. Es geht sogar so weit, dass die Stadt Michelstadt keine Honorare mehr an die Fremdenführer zahlt, sodass die wenigen verbliebenen, eingeschlossen mich, ehrenamtlich tätig sind. Und so stehe ich an diesem lauen Freitagabend vor dem Michelstädter Rathaus in einem Hexen-Kostüm und versuche regionale Kultur mit Dating zu verbinden.

Die Idee, normale Stadtführungen mit Nervenkitzel und Gefühlen aufzupimpen, geht auf meine Kappe zurück und soll Führungen - und insbesondere unsere - wieder populärer machen. Denn es ist unglaublich interessant für Touristen und Einheimische, Fakten über die Stadt und den Odenwald von früher und heute zu erfahren, um sie vor dem Vergessen zu bewahren. Und dafür kämpfe ich.

Nun stehen vor mir erwartungsvoll drei Männer und drei Frauen. Ich muss alles geben, dass sie einen unvergesslichen Abend erleben! „Zuerst gehen wir in den Rathaussaal, wo es zur Einstimmung einen kleinen Umtrunk gibt - Vampirblut", leite ich die Gruppe an. Oben angekommen setzen wir uns im Kreis im gruselig geschmückten Saal auf Kissen. In der Mitte liegen Tarot-Karten, die ich trotz meines Unglaubens gleich lege. Einfach nur für das Feeling. Gerade, als ich die erste Karte aufdecken will, wird es stockdunkel. Die Blondine schreit auf und drängt sich an ihre Freundin. Okay, so hatte ich mir das Näherkommen auch nicht vorgestellt. Dann erscheint die Projektion einer hässlichen Fratze an der Decke, kurz danach ein anderes Symbol, das ich irgendwo schon mal gesehen habe, die Kerzen flackern auf und ein Lachen ertönt. Es ist alles so bekannt, aber ich kann es im Moment nicht zuordnen. Ich höre ein Glas zu Boden fallen, dann durchdringt Flüssigkeit meine Hose. Na toll, der Schisser neben mir hat vor lauter Angst seinen Kürbislikör fallen gelassen. Obwohl das nicht zum Plan gehört, richte ich einige beruhigende Worte an die Teilnehmer, denn das müssen sie nicht wissen. Vielleicht ist es auch gut für die Publicity: „Keine Panik, ich mache das Licht wieder an und dann geht es weiter!" Wider Erwarten funktioniert es und die Geräusche verstummen. Schließlich fahre ich fort und decke die Karte des Todes auf. Die hatte ich eigentlich rausgenommen, weil es sich um eine Dating-Führung handelt und ich die Stimmung anpassen wollte.

Kurze Zeit später führe ich die Gruppe durch die dunklen engen Gassen zum Diebsturm, der früher als Wehrturm diente. „Der Turm stammt aus dem 13. Jahrhundert und wir haben das Privileg, ihn von innen zu sehen", erwähne ich euphorisch. Dann stecke ich den gusseisernen Schlüssel ins Schloss, das sich quietschend öffnet. Nachdem alle eingetreten sind, entzünde ich eine Fackel und gebe mein Wissen zum Besten. Natürlich lasse ich genug Zeit, dass sich je zwei Teilnehmer allein umschauen können.

Plötzlich streift mich ein Windhauch im Nacken, ich drehe mich um und spüre eine Berührung auf meinem Unterarm. Ein eiskalter Schauer läuft mir über den Rücken. Jetzt bloß nicht durchdrehen! Als ich über die Stelle streiche, spüre ich etwas Zähflüssiges und lese im Licht der Fackel: „Das wirst du noch bereuen." Neben dem aufgestempelten Schriftzug entdecke ich wieder das bekannte Symbol. Was zum Teufel soll das? Wer steckt hinter dem Symbol?

„Okay Leute, weiter geht's!", rufe ich betont fröhlich. Ich muss hier raus. Das kann doch alles nur ein Dummejungenstreich sein. Immerhin sehe ich Max und Anna, die sich nun angeregt unterhalten und ziemlich nah kommen. Mit einem zufriedenen Lächeln wende ich mich dem gepflasterten Weg entlang der kleinen Grünfläche zu und wir umrunden die Stadtmauer von außen. Währenddessen erkläre ich einige historische Fakten und gebe eine fiktive Liebesgeschichte preis, um die romantische Stimmung zu entfachen.

In die Dunkelheit hinein fragt Lea, eine drahtige Brünette: „Wie kam es zu der Idee, diese Art von Stadtführung anzubieten? Ich meine, in der heutigen Zeit ist vieles online." Nachdem ich ihr unsere Beweggründe erläutert habe, erkläre ich das folgende Pärchenspiel: Immer zu zweit sollen sich die Teilnehmenden eine der vielen Bänke aussuchen und die von mir vorbereiteten Päckchen aufpacken. Darin befinden sich Pralinen und einige Karten mit Fragen zum Kennenlernen und um ein Gespräch aufzubauen.

Ich schaue auf die Uhr. Trotz aller Unfälle liegen wir noch im Zeitplan. Doch als ich nach einer viertel Stunde die Unterhaltungen unterbreche, fehlt Lina. Laut Kai, mit dem sie sich eine Bank geteilt hat, wäre ihr nach der Praline schlecht geworden, aber sie habe sich geweigert, dass er sie begleite, als sie hinter die Büsche ging. Und bis jetzt sei sie nicht wiedergekommen.

Klar, dass Kai nicht gleich zu aufdringlich sein wollte, doch ich habe die Verantwortung für die Gruppe. Also gehe ich in die angegebene Richtung und bleibe ruckartig stehen.

Vor mir auf dem Gras liegt Lina zusammengekrümmt, als leide sie große Schmerzen. Sofort beuge ich mich zu ihr und streiche ihre langen Haare aus dem blassen Gesicht, welches von Erbrochenem verschmiert ist.

Dann finde ich den Zettel, von dem mir die blutroten Worte: „Gib auf!" entgegenleuchten. Mir wird schlecht. Einer der anderen ruft den Rettungsdienst, der gleich darauf eintrifft. Sie nehmen die Daten auf und bringen Lina ins Krankenhaus. Sie schwebt zwar nicht in Lebensgefahr, dennoch besteht Verdacht auf eine Lebensmittelvergiftung.

Na toll, alles läuft schief! Zwar ist die Stimmung gedrückt, aber auf meine Nachfrage möchten die anderen die Tour noch fertigmachen. Es ist auch nur noch eine Station.

Der Höhepunkt sollte der Sarg vor der Kirche sein, in den sich immer zwei Personen reinlegen können. Mehr Kitsch und Privatsphäre geht wohl nicht. Aber unter diesen Bedingungen bin ich mir unsicher, ob ich das Risiko eingehen soll. Ich will unseren Tourismus nicht zu Grabe tragen - und das im buchstäblichen Sinne. Nach einer kurzen Erzählung zur Stadtkirche und dem steinernen Sarg beschließe ich, es den

Teilnehmenden selbst zu überlassen und frage: „So, und nun habt ihr die einmalige Möglichkeit, euch in die Gruft des Todes in voller Vampir-Manier zu legen, um dann frisch wieder aufzuerstehen. Gerne auch zu zweit!".

Erst zieren sich alle, doch dann ist es ausgerechnet Anna, die Max antippt, der gleich darauf nickt. Angespannt öffne ich den Deckel und erkläre ihnen, auf was sie achten sollten. Allzu lange werden sie in der Abendkühle nicht darin bleiben wollen. Die anderen warten und unterhalten sich angeregt, als die beiden im Gestein verschwunden sind. Ich warte angespannt. Wenn jetzt etwas schiefgeht...

Als nach fünf Minuten noch kein Zeichen kommt, dass sie genug haben, öffne ich den Sarg und sehe nichts. Das kann doch nicht sein. Verwirrt lasse ich den Deckel sinken und drehe mich zu den anderen um, die mich fragend anschauen. „Da war niemand mehr drin", stottere ich. Kai schüttelt den Kopf: „Das kann doch gar nicht sein! Wo sollen sie denn hin. Es gibt ja keinen doppelten Boden oder so."

Entschlossen hebt er den Deckel nochmal an, nur um ihn sofort wieder fallen zu lassen. Der Knall zerschneidet die ohnehin dicke Luft. Kai stolpert zurück, kreidebleich. Ich traue mich erst gar nicht zu fragen, sondern wanke auf den Sarg zu.

Mit zittrigen Händen öffne ich den Deckel erneut und schaue in die ausdruckslosen Gesichter von Anna und Max, deren Augen und Münder mit feinen Kreuzstichen zugenäht sind. Sie sind tot. Die Suche nach der großen Liebe wurde zu ihrem eigenen Sarg.

Und ich bin schuld! In ihren ineinander verschränkten Händen entdecke ich einen zerknitterten Zettel mit dem altbekannten Symbol versiegelt. Jetzt wird es aber gräflich.

Stopp, gräflich - das ist es! Das Symbol ist das Wappen der Stadt Erbach! Kann es wirklich sein, dass deren Tourismusamt unser geniales Konzept zunichtemachen will? Denn wäre alles nach Plan gelaufen, wäre das Konzept unschlagbar und täte sicherlich auch den mager besuchten Führungen unserer Konkurrenten gut, aber einfach so eine geniale Idee kopieren? Das wagen sich selbst die edlen Grafen nicht.

Als ich den Zettel auffalte, bestätigt sich mein Verdacht: „Wir haben gewonnen!".

Ich höre noch die Polizeisirenen und denke, dass zu viel Aufsehen auch nicht gut ist. Und, dass dies vielleicht die Rache ist für unseren äußerst ähnlichen Live-Adventskalender im letzten Jahr, den wir - nun ja, sagen wir mal - in Hommage an die zuerst publik gemachte Version der Stadt Erbach, ins Leben gerufen haben. Dann wird mir schwarz vor Augen.

Gute Nacht, Madame

Jess Geiger (Dinslaken)

Sieben Mal musste ich schellen, bis die Tür einen Spalt breit geöffnet und unfreundlich gefragt wurde: „Ja? Wer ist denn da?"

„Ich bin's, Frau Flöter. Guten Tag, Frau Mölleken."

„Wer sind Sie? Was wollen Sie?"

Bitte nicht, dachte ich, sie hat heute wieder einen schlechten Tag.

„Aber Sie kennen mich doch! Ich komme jeden Mittwoch und gehe für Sie einkaufen."

„Warum haben Sie das denn nicht gleich gesagt."

Im Wohnzimmer ließ sie sich stöhnend auf ihr Sofa fallen.

„Aua, aua", jammerte sie, „mir tut alles weh."

„Sind Sie wieder gefallen, Frau Mölleken?"

„Ach, ich weiß nicht. Ich will nur noch schlafen. Nur noch meine Ruhe haben."

Während ich überlegte, wie ich sie etwas aufmuntern könnte, blickte ich durchs Zimmer. Um das Sofa herum herrschte das übliche Chaos. Mir schwante nichts Gutes. Um meine Vermutung zu bestätigen, schaute ich in ihr Portemonnaie. Drinnen gähnende Leere, wie befürchtet. Mein Verdacht erhärtete sich. Tina, ihre Adoptivtochter, war wohl wieder zu Besuch gewesen! Diese Ausbeuterin!

Hätte Elfriede mich doch bloß damals im Heim gelassen! Bis zu meinem 5. Geburtstag lebte ich dort. Eines Tages tauchte sie bei uns auf, und schon zwei Wochen später nahm sie mich mit. Elfriede, meine neue Mutter, herzte und drückte mich ständig. Einerseits war es wunderschön, dass sie sich so sehr um mich bemühte, aber andererseits fehlten mir die anderen Kinder. Allein durfte ich das Haus nicht verlassen. Ich fühlte mich total kontrolliert. Als ich auf die Realschule kam, ergaben sich endlich Möglichkeiten, ihr zu entfliehen. Ich erfand allerlei Nachmittagskurse, um so der Enge zu Hause zu entkommen. Wenn es nach ihr gegangen wäre, hätte ich nach der Mittleren Reife zu Hause bleiben und mich um sie kümmern sollen. Wir stritten uns jeden Tag lauter. Schließlich gab ich vor, eine Lehrstelle gefunden zu haben. Tagsüber trieb ich

*mich mit meiner Freundin Babsi in der Stadt herum. Mutters übertrie-
bene Fürsorge ging mir immer mehr auf die Nerven. Ich wollte nur noch
weg.*

Ach meine Tina, wo bist du? Ich vermisse dich so sehr! Was soll
ich bloß tun den ganzen Tag? Keiner braucht mich und es ist hier
so still geworden.

Es kam immer öfter vor, dass Madame, wie ich Frau Mölleken
innerlich nannte, mich sogar nachts anrief. Meistens war sie
total verwirrt, und sie beschimpfte mich wüst. Ich hatte mich
zu einem ehrenamtlichen Job überreden lassen, weil ich immer noch keine neue Stelle nach unserem Umzug nach
Michelstadt im Odenwald gefunden hatte. So übernahm ich
ihre Betreuung. Oft war ich fast täglich auf einen Sprung vor-
beigekommen. Außer Tina, die nur kam, wenn sie etwas
brauchte, hatte sie ja niemanden mehr.

Weil sie die Schelle mal wieder nicht hörte, betrat ich mit dem
Notfallschlüssel ihr Haus. Sie lag schlafend in der Sofaecke,
die Haare wüst zerzaust, und sie umklammerte ein Stoffpüpp-
chen. Ach, die arme Madame! Mir wurde ganz warm ums
Herz. „Frau Mölleken", versuchte ich sie behutsam zu we-
cken, „Bitte wachen Sie auf."
„Kindchen", seufzte sie. „Schön, dass Sie da sind."
„Wie geht es Ihnen?"
„Ich weiß nicht recht. Wissen Sie, wer da war?"
„Nein, wer denn?"
„Tina. Sie kennen doch meine Tochter?"
Und ob ich die kannte! Und natürlich war ihr Portemonnaie
wieder leergeräumt. Außerdem hing Madame nach jedem Be-
such ihrer Tochter total in den Seilen, weinte viel und baute
jedes Mal mehr ab.

*Mutter unterschrieb immer wie ein Schulmädchen. Von daher war es
leicht, ihre Unterschrift zu fälschen. Letztens habe ich vorsichtshalber ein
Testament verfasst und in ihren alten Sekretär gelegt. Wer weiß, wen sie
sonst noch alles bedacht hätte. Ihr Sparbuch zu plündern war leichter als
gedacht. Die Bank-Vollmacht zu schreiben ebenso.*

Ich werde Tina noch genauer unter die Lupe nehmen müssen, mir schwant nichts Gutes. Wer weiß, was sie wieder ausheckt.

Ihr „Eisern Erspartes" ist aufgebraucht. Eine Zeitlang konnte ich mich mit ihrem Haushaltsgeld über Wasser halten, aber seit kurzem hat ihre Betreuerin da den Daumen drauf. Es gibt nur noch einen Weg, um an den Rest zu kommen. Das Haus ist bestimmt eine Menge wert.

Tina, mein Mädchen, warum bist du so böse zu mir? Warum schimpfst du so, weil ich nicht mehr Geld habe? Ich wünsche mir so, dass du dich mal zu mir setzt und wir etwas zusammen spielen, „Halma" vielleicht, so wie früher. Setz dich doch zu mir, und versteck dich nicht immer in deinem Zimmer oben.

Ich muss einen Weg finden, diese Flöter loszuwerden! Wenn sie nicht wäre, hätte ich schon längst, was mir zusteht. Ich habe mich beim Makler erkundigt. Der alte Schuppen ist mehrere Hunderttausend wert! Jetzt gibt es nur noch eins: Ich muss an mein Erbe kommen!

Es ist beängstigend, wie desorientiert Madame geworden ist. Ich mache mir große Sorgen um sie. Habe mich heute mal in Tinas Zimmer umgesehen. In einer Schublade fand ich Medikamente für Herzerkrankungen. Auf dem Rückweg ging ich zu Dr. Hahn, Madams Hausarzt. Er ließ sich überreden, ihr unter dem Vorwand einer Kontrolluntersuchung Blut abzunehmen. Und tatsächlich fand er Spuren von Digitalis, einem Herzmittel. Bei ihrer Konstitution hätte es nicht mehr lange gedauert, bis es sie umgebracht hätte.

Ich war im Reisebüro und habe mir Prospekte von Bali geholt. Hallo Welt, ich komme!

Beim Aufräumen habe ich Tinas letzten Kontoauszug gefunden, sie ist absolut in den Miesen. Sie wird wohl alles versuchen, um schnellstmöglich an Geld zu kommen.

Warum schmeckt der Tee so komisch? Ach so, es ist eine andere
Sorte. Na ja, nicht mein Geschmack. Gott, bin ich müde, mir fallen schon die Augen zu.

„Gute Nacht, Madame." Sie nahm kaum noch wahr, dass ich
sie zudeckte.

Ich kann fliegen, wie schön! So muss es im Himmel sein, nur
Frieden und Freiheit, keine Sorgen und keine Schmerzen mehr.
Ich werde in den Himmel fliegen, so hoch ich kann.

Mit Rosen und Pralinen bewaffnet schellte ich an Madams
Tür.
„Guten Tag, Frau Flöter", begrüßte mich Tina. Dass sie heute
kommen würde, hatte ich erwartet – es war Madams 87. Ge-
burtstag.
„Hallo Tina."
„Gut, dass Sie kommen. Meiner Mutter geht es gar nicht gut.
Sie ist so apathisch."
Sie zitterte leicht, wirkte nervös und beunruhigt. Ich trat ins
Wohnzimmer. Madame lag wie leblos auf dem Sofa. Ihre
Wangen schienen eingefallen und ihr Gesicht zeigte eine ei-
gentümliche Verfärbung.
„Tina", schrie ich hektisch, „kommen Sie schnell! Seit wann
sieht sie schon so aus?"
„Seit ein paar Minuten. Vorhin war sie so müde, dass sie ein-
geschlafen ist. Ich dachte, sie ist nur erschöpft."
„Tina, aber sehen Sie doch!" Entsetzt zeigte ich in Madams
Gesicht.
„Was meinen Sie?"
„Na, ihr Gesicht! Die Verfärbung zwischen ihrer Nase und
dem Mund, weiß mit einem grünlichen Stich!"
„Ja, und?"
Ich umklammerte ihren Arm. Schockiert flüsterte ich ihr zu:
„Das Todesdreieck!"
„Was?"
„Bei Eintritt des Todes verfärbt sich das Gesicht so. Haben
Sie nie davon gehört?"

Na und ob! Das klappt ja besser, als gedacht!

Tina befreite sich aus meinem Griff. „Und, was machen wir jetzt?"

„Ich muss ihren Puls fühlen!" Fachmännisch legte ich meine Finger an Madams Handgelenk, wartete kurz, und schüttelte den Kopf. „Rufen Sie sofort den Arzt an!"
Als Dr. Hahn erschien, konnte er nur noch ihren Tod feststellen. Er legte seinen Arm um Tina. „Ich kann nichts mehr für Ihre Mutter tun."

„Das glaub' ich nicht! Das kann doch nicht wahr sein!"

„Es tut mir sehr leid, Tina. Ich werde jetzt den Totenschein ausstellen."

Kaum hielt Tina den Schein in ihren Händen, sah sie uns hilflos an und stammelte: „Ich habe da etwas gefunden... vor ein paar Tagen... "

Sie ging zum Sekretär und gab dem Doktor einen Umschlag, auf dem TESTAMENT zu lesen war. Dr. Hahn und meine Blicke trafen sich, er nickte mir zu und ich ging hinaus. Ein paar Minuten später stand Kommissar Rainer Kambeck von der Kriminalpolizei, mein Ex-Mann, im Wohnzimmer, legte Tina Handschellen an und führte das völlig verdutzte Mädchen zu den Kollegen nach draußen.

„Vielen herzlichen Dank, Herr Doktor. Ich hätte nicht gewusst, wie ich das ohne Ihre Unterstützung angestellt hätte!"

„Aber das ist doch Ehrensache. Ich kann doch nicht mit ansehen, wie einer meiner ältesten Patientinnen etwas zustößt. In ein paar Stunden ist sie wieder ganz die Alte."

„Trotzdem, das Ganze war schon sehr nervenaufreibend. Ich bin total durch den Wind. Immer diese Angst, dass etwas schief geht!" Meine Knie zitterten immer noch. Rainer nahm mich in den Arm und beruhigte mich: „Du warst phantastisch. Du solltest Schauspielerin werden."

„Seit Doktor Hahn das Herzmedikament gegen Placebo ausgetauscht hatte, war ich schon beruhigter."

„Wie hast Du Frau Mölleken denn überhaupt auf die Situation vorbereitet?"

„Gar nicht. Wie soll man denn einer alten Dame erklären, dass ihre Tochter versuchen wird, sie umzubringen? Ich habe ihr gestern Abend Schlaftabletten in den Tee gemischt. Da ich damit rechnete, dass Tina mit dem Zug um eins ankommen würde, bin ich um zwölf zu Madame und habe ihr noch mal welche gegeben. Als sie schlief, habe ich sie geschminkt."

„Genial!"

„Ich hätte nicht gedacht, dass Ehrenamt so spannend und aufregend sein kann."

Was würde Miss Marple tun?

Stefanie Glenk (Heidelberg)

Marlene Münch war eine gute Seele. Sie hatte das mittlere Alter seit einigen Jahren hinter sich gelassen und hielt sich mit einer Würde, die nur Menschen zu eigen ist, die mit sich im Reinen sind. Sie liebte Kriminalromane, ihren Kater Sherlock und die Torten des Michelstädter Konditorweltmeisters Siefert. In direkter Nachbarschaft seines Cafés in der Michelstädter Altstadt zu wohnen war Fluch und Segen zugleich. Nicht zuletzt aufgrund dieser 'gefährlichen' Nachbarschaft hatte sie ein paar Kilo zu viel auf den Rippen. Sie pflegte viele Freundschaften, leitete das Sekretariat einer Grundschule und engagierte sich ehrenamtlich für weniger Privilegierte.

An diesem Abend traf sie sich wie jeden Mittwoch mit einer Freundin in der Kleiderkammer der Arbeiterwohlfahrt und sortierte gespendete Kleidung und Haushaltswaren. Die Kartons boten ihrer Fantasie einen abenteuerlichen Spielplatz. Sie spann Geschichten aus den Überbleibseln fremder Leben und den aussortierten Alltagsgegenständen Unbekannter und fühlte sich wie ein Ermittler aus einem ihrer geliebten Kriminalromane, wenn sie Schlüsse auf ehemalige Besitzer und zukünftige Käufer zog.

In dieser Woche stapelten sich mehr Kartons als gewöhnlich. Es war spät geworden und Marlene hatte gerade eine Kiste mit Büchern geöffnet. Die dicken Buchrücken und vergilbten Seiten zogen sie magisch an und so blieb sie alleine zurück, als ihre Freundin sich verabschiedete und nach Hause ging. Als das Klingeln der Ladentür verklungen war, war Marlene alleine mit dieser staubig-stillen Atmosphäre. Mit einem glücklichen Seufzen schob sie sich auf einen Hocker und hob sorgsam Buch um Buch aus der Kiste. Bald war sie völlig versunken in ihre Entdeckungen und blätterte und las, bis sie unter einem dicken Bildband ein alt aussehendes Buch entdeckte. Ihr stockte der Atem. Ein Mord wird angekündigt von Agatha Christie, der vierte Miss Marple Roman. Mit zitternden Fingern strich sie über den zerschlissenen Umschlag und blätterte vorsichtig die erste Seite um: es war eine deutsche Erstausgabe von 1956. Die nächsten Seiten sträubten sich und klebten zusammen. In der hinteren Hälfte des Buches war eine Mulde eingearbeitet, in der sich ein dünnes Notizbuch verbarg. Nach einem kurzen Zögern schlug sie es auf und starrte auf das mit einer geschwungenen Schrift eng beschriebene Papier.

13. Februar: Wir waren heute in der Klinik. Der Arzt meinte, ich werde wegen meiner kaputten Hüfte bald nicht mehr laufen können. Aber ansonsten sei ich kerngesund und könne noch ewig leben. Er wollte uns wohl trösten, aber Gernot wirkte darüber eher verärgert als erleichtert. Wir haben uns unseren Lebensabend anders vorgestellt. ICH habe mir diese Zeit anders vorgestellt. Mit einem Menschen, der mich liebt, und nicht jemandem, der es kaum schafft, sich aus reinem Pflichtbewusstsein mit mir abzugeben.

Marlene blätterte fieberhaft weiter.

20. März: Gernot ist mein einziger Kontakt nach draußen. Er ist übellaunig und kurz angebunden, wenn er mir mein Essen ans Bett bringt, weil ich es nicht mehr die Treppe hinunter in die Küche schaffe. Ich lese viel, damit ich mir keine Gedanken mache, wie es mit uns weitergehen soll. Er telefoniert mit ihr, wenn er denkt, ich würde es nicht mitbekommen. Mit ihr ist er so anders. Seltsamerweise stört es mich nicht einmal. Wir sollten uns trennen, aber ich habe keine Ahnung, wie das funktionieren soll. Wenn ich könnte, würde ich von diesem Bett aufstehen, einfach zur Tür hinausgehen und nie wiederkommen.

Es folgten weitere Einträge voller Grübeleien, Zweifel und Berichten über Streitgespräche. Die Frau wirkte einsam und verzweifelt.

3. April: Etwas hat sich verändert. Ich glaube, Gernot will mich loswerden. Sollte ich recht haben, wird er vor nichts zurückschrecken. Ich sehe ihn förmlich vor mir, wie er mir Schlafmittel in meinen Nachmittagstee gibt. Ich habe Angst.

Ein Kloß bildete sich in Marlenes Hals, als sie hektisch weiterblätterte. Aber es gab keine weiteren Einträge und auch keinen Hinweis auf den Namen der Verfasserin des Tagebuchs. Auch die Kiste verriet nichts. Sie eilte zu dem kleinen Büro und fand nach wenigen Minuten zwei Adressen von Abholungen, von denen die Kiste stammen musste. Marlene rieb ihren schmerzenden Rücken und dachte nach. Sie fühlte sich dieser Frau so nahe. Sie teilten die Liebe zu Büchern und sie kannte ihre Gedanken und Sorgen – und ihre Einsamkeit. Mit einem Mal wusste sie, was sie zu tun hatte.

*

Die erste Adresse befand sich in der Nähe ihres Büros und so schlüpfte sie in der Mittagspause in ihre Jacke und machte sich auf den Weg. Dort lebte ein älteres Paar, das gerade in ein Heim für betreutes Wohnen umzog. Der Mann hieß weder Gernot, noch war die Frau bettlägerig. Am frühen Nachmittag brach sie zu der zweiten Adresse auf und stand kurz darauf mehr als nur ein wenig unsicher vor einem gepflegten Reihenhaus. Ein weiß gestrichener Zaun trennte einen frisch gemähten Rasen von der ruhigen Seitenstraße. Ihr Mund war staubtrocken, als sie das Gartentor aufstieß und langsam auf die Haustür zuging. Ihr Herz sprang ihr beinahe aus der Brust, als sie den Namen neben der Tür las. Gernot und Sieglinde Feil. Sie hatte die Frau gefunden. Entschlossen wischte Marlene ihre feuchten Handflächen an ihrem Rock ab und klingelte. Kurz danach stand sie einem hochgewachsenen Mann mit silbergrauem Bürstenschnitt gegenüber. Sie schätze ihn auf Ende 60. Er war schwarz gekleidet und fixierte sie aus stahlblauen Augen.

„Herr Feil?"

„Wer will das wissen?" Der Mann machte einen Schritt zurück in den Hausflur.

„Mein Name ist Marlene Münch. Ich bin eine … Freundin ihrer Frau."

Ein Ausdruck, den Marlene nicht deuten konnte, huschte über das Gesicht des Mannes. Dann leuchtete ein misstrauisches Glitzern in seinen Augen auf. „Ich kann mich nicht erinnern, dass Sieglinde sie je erwähnt hätte."

Marlene zuckte zusammen. Nun war sein Ton eindeutig feindselig. „Wir hatten uns für eine Weile aus den Augen verloren."

„Nun, dann kommen Sie zu spät. Meine Frau ist seit zwei Wochen tot." Ein harter Zug erschien um seinen Mund.

„Tot??" Ihre Knie wurden weich und sie taumelte.

„Was ist passiert?", brach es aus ihr heraus.

„Ich glaube nicht, dass Sie das etwas angeht." Gernot hob kühl eine Augenbraue.

„Kam das nicht ein wenig unerwartet?", schluchzte Marlene.

„Sie war schon lange krank und ihr Zustand hatte sich zuletzt rapide verschlechtert." Sein Tonfall klang neutral. Einstudiert trifft es eher, dachte Marlene. „Sieglinde wurde immer schwächer. Ich glaube, am Ende war es eine Erlösung für sie."

Marlene schwieg. Zum einen, weil ihr die Worte fehlten, zum anderen machte das Miss Marple auch gerne in einem Verhör. Wie lange durfte so eine Pause eigentlich dauern?

Der Mann atmete tief ein und machte einen Schritt nach hinten. „Ich denke, ich habe Ihnen alles gesagt. Auf Wiedersehen."

Wie betäubt drehte sie sich um und ging zurück zur Straße. Jeder Schritt schien unendlich viel Kraft zu kosten. Sie war zu spät gekommen. Dieser Gernot wirkte nicht wie ein trauernder Ehemann und sie wusste aus dem Tagebuch, dass Sieglinde nicht sterbenskrank gewesen war. Nicht mobil ja, aber nicht gesundheitlich angeschlagen. Hatte er sie etwa umgebracht? Was würde Miss Marple nur tun? Und dann stieg langsam ein Gedanke in ihr auf: Sie wollte zumindest noch für Gerechtigkeit sorgen und Gernot zur Rechenschaft ziehen.

Am Gartentor drehte sie sich noch einmal um. Gernot stand noch immer mit vor der Brust verschränkten Armen an der geöffneten Haustür. Sie wappnete sich mit einem kurzen Gedanken an ein weiteres ihrer Idole: Inspektor Columbo.

„Eine Frage habe ich noch." Marlene machte eine Pause, gerade lange genug, um einen Hauch Unwohlsein bei ihrem Gegenüber aufkommen zu lassen. „Ich helfe in der Kleiderkammer aus, in die Sie die Sachen Ihrer verstorbenen Frau … von Sieglinde gebracht haben. Es muss schwer gewesen sein, die persönlichen Dinge Ihrer Frau so schnell wegzugeben. Würden Sie wissen wollen, wenn wir unter den Sachen Ihrer Frau etwas Persönliches gefunden hätten?"

Sie beobachtete jede Regung des Mannes, der sie unbewegt musterte. Hatte sein Mundwinkel eben nervös gezuckt? Auf diese Entfernung war sie sich nicht sicher und sie kniff angestrengt ihre Augen zusammen. Ihr Tatverdächtiger benötigte auf jeden Fall einen weiteren Schubs.

Marlene nahm all ihren Mut zusammen und setzte alles auf eine Karte. „Darf ich Sie fragen, wie Sieglinde gestorben ist?"

Gernot schnaubte. „Wenn Sie mich dann endlich in Ruhe lassen. Sie ist nach ihrem Mittagsschlaf nicht mehr aufgewacht."

Ein wissendes Lächeln schlich sich auf Marlenes Gesicht. Dieser Mann war nicht unschuldig am Tod seiner Frau. Ob man es ihm würde beweisen können, stand auf einem anderen Blatt. Ihre Hand glitt in ihre Handtasche und strich über Sieglindes Notizbuch. Aber dieses Tagebuch in den Händen der Polizei würde Fragen aufwerfen und wäre zumindest der Anfang für eine Chance auf Gerechtigkeit.

Speckige Lorbeeren

Gerhard Goldmann (Rudolstadt)

Manchmal hätte er verzweifeln können an seinen Strohköpfen. Sechzehn Fehler auf einer Seite! Handschriftlich, also bei gerade einmal – wieviel Wörtern? Aber er verspürte definitiv keine Lust, diese Aneinanderreihung von orthographischen Missverständnissen auch noch statistisch auszuwerten. Stattdessen ging er hinüber in die Küche, öffnete den Schrank und nahm sich eine Handvoll Nüsse. Damit trat er hinaus auf den Balkon, lehnte sich gegen die Wand und ließ den Blick bis hinüber zur Mümling schweifen. Eigentlich seltsam, fuhr es ihm durch den Kopf, dass nicht nur das Wasser einem ewigen Kreislauf unterlag, sondern anscheinend sogar das ganze Leben. Er stand hier, mitten im Odenwald und fühlte sich doch untrennbar mit den Menschen verbunden, die um diese Zeit am Ufer des Rio de la Plata schlafend in ihren Betten lagen.

Erwartungsgemäß schmeckten die fetthaltigen Kerne großartig, was seinen Groll besänftigte und ihn deutlich entspannter zu dem Stapel unkorrigierter Hefte zurückkehren ließ.

Eigentlich mochte er sie ja, seine Schäfchen, und er gab sein Bestes, um sie zu anständigen Mitgliedern der Gesellschaft heranzuformen. Ursächlich hierfür, so glaubte er erkannt zu haben, war neben seiner angeborenen Empathie vor allem seine eigene Schulzeit, die er auf einem humanistisch geprägten Internat absolviert hatte.

Dort wurde er auch wie selbstverständlich an eine vegetarische Ernährung herangeführt. Sehr schnell war sie zu einem Teil seiner selbst geworden, nicht wegen des Cholesterins oder des Blutzuckers, sondern einfach aus Achtung vor seinen Mitgeschöpfen. Denen mochte er keinen Schaden zufügen und allein der Gedanke, dass sie seinetwegen in Schlachthäusern und von Hochsitzen herab getötet würden, hätte ihm vermutlich das Herz gebrochen.

Der Respekt vor allem Lebendigen hatte sich seither zur tragenden Säule seiner Philosophie entwickelt. Und rund um diese Säule rankten sich seine sämtlichen Aktivitäten: Die Arbeit am Gymnasium Michelstadt und im dortigen Lehrerkollegium, die Mitgliedschaft im Vorstand des Ortsverbandes seiner Partei, sein Sitz im Stadtrat und im Jugend- und Sozialausschuss. Und natürlich der von ihm gegründete Förderverein für das Hospital Santa Virginia. Einer Unfallklinik in Buenos Aires, die dort zwischen dem Hafen und dem berüchtigten Slum Villa 31 stand, aber dank der Unterstützung durch ihre deutschen Gönner trotzdem zu den besten und modernsten des Landes zählte. All das erfüllte sein Leben mit Sinn und hatte ihm darüber hinaus viel Anerkennung eingebracht. Deren augenfälligster Ausdruck war der Ehrenbrief des Landes Hessen, der seit nunmehr fast drei Jahren die Wand neben seinem Schreibtisch schmückte.

Ganz oben auf dem Tisch lag jetzt Celina. Siebzehn Jahre jung, eigentlich nicht dumm, mit langen dunklen Haaren und einem Hintern, der durchaus geeignet war, seinen Speichelfluss in Gang zu setzen. Er sah ihn förmlich aus dem Heft mit dem poppigen Umschlag herauslugen, umspannt von knallengen Jeans, die bei jeder Bewegung ein neues, noch hübscheres Bild zauberten.

Umso strenger musste er die mehr als mangelhaften Leistungen des dazugehörigen Kopfes bewerten. Zu seinem Bedauern, aber allein der bloße Verdacht, die körperlichen Vorzüge seiner Schützlinge könnten in die Benotung mit einfließen, hätte für ihn fatale Folgen haben können.

Er seufzte. Wie lange musste dieses Versteckspiel noch gehen? Wann endlich würde er sagen können: „Ja, so ich bin" – ohne dass die politische Correctness und die sabbernde Boulevard-Presse in einmütiger Abscheu wie Hyänen über ihn herfielen? Schließlich tat er niemandem etwas Böses, sondern wollte wie jeder andere einfach nur glücklich sein!

Sein Vorbild war immer Gandhi gewesen, und genau wie dieser war er zu der Erkenntnis gelangt, dass auch Pflanzen Geschöpfe Gottes sind, die es zu achten gilt und die man nicht böswillig verletzen darf. Zu der Einsicht, dass selbst eine Möhre das Recht hat, zu leben und irgendwann eines natürlichen Todes zu sterben.

Wie der indische Nationalheld ernährte er sich fortan von Obst und Sämereien. Von jenen Teilen einer Pflanze, die diese freiwillig an Tiere und an Menschen abgibt und deren Verlust sie ohne Nachteile für sich selbst übersteht. Es fiel ihm nicht leicht und er brauchte eine Weile, bis er in dieser Form der Nahrungsbeschaffung eine gewisse Routine erlangt hatte. Doch schließlich kam er sich vor wie im Garten Eden, im Einklang mit allen Bewohnern dieser Erde und mit einem Körper, der sich von Tag zu Tag gesünder anfühlte.

Leider hielt dieser paradiesische Zustand nur einige Monate an, ehe sich das Blatt erst langsam und dann immer schneller wendete. Er wurde antriebslos, mied selbst kleinste Anstrengungen und hätte am liebsten nur noch geschlafen. Kein Zweifel, er war krank, und so suchte er einen Internisten auf. Der diagnostizierte unter anderem einen gravierenden Zink- und Eisenmangel und empfahl ihm „öfter mal ein saftiges Steak in die Pfanne zu werfen."

Als Konsequenz wechselte er auf der Stelle den Arzt und versorgte sich von Stunde an aus dem Reformhaus mit Eisen und mit diversen anderen Präparaten, die offensichtlich eine sehr positive Wirkung auf seinen Gesundheitszustand hatten.

Der eigentliche Durchbruch erfolgte jedoch vor fünf Jahren, als er wie immer nach Schulschluss vom Gymnasium zu seiner Wohnung fuhr. Es war der erste warme Frühlingstag, auf den die Armada der Motorradfahrer anscheinend nur gewartet hatte. Von überall her hörte er das unangenehme Geheul ihrer Maschinen und drei von ihnen schossen auf der B 45 mit maßlos überhöhter Geschwindigkeit an ihm vorbei. Die beiden ersten sollte er nie wiedersehen, aber auf den dritten traf er schon zwei Kilometer weiter ein zweites Mal: neben einem Baum mit frischen Rindenschäden.

Während er hinter der Unfallstelle wartete, beobachtete er mit wachsender Ungeduld das Agieren von Polizei und Rettungskräften. Doch was ihn geradezu faszinierte, waren die beiden dunkel gekleideten Herren, die die Reste des Rasers in einem Zinksarg verstauten. Denn in diesem Moment durchfuhr ihn die Erkenntnis wie ein Blitz: Dort auf dem Seitenstreifen lagen neunzig Kilogramm hochwertiges Eiweiß, die niemand mehr brauchte. Neunzig Kilo kostbare Aminosäuren, die später vergraben würden oder verbrannt oder plastifiziert, vielleicht mit Ausnahme der Nieren und der Hornhaut, die man einer neuen Verwendung zuführen konnte. Der Rest: Abfall. Von religiösen und moralischen Dogmen zu sinnlosem Abfall degradiertes Protein - während überall auf der Welt Menschen hungerten! Das war der wahre Skandal, wie ihm in diesem Augenblick klar wurde. Er musste kurz kichern, als ihm sein Gehirn den doppelten Sinn des Wortes „Bankett" signalisierte. Gleich darauf wurde er wieder ernst und legte ein stummes Gelübde ab. Er würde sich an dieser Verschwendung nicht mehr länger beteiligen! Sein Leib sollte, wenn es so weit war, den Kreislauf der Natur schließen und in einem fremden Verdauungstrakt zu neuem Leben auferstehen. Und die überzähligen Körper der anderen konnten ihm selbst endlich helfen, auf die Präparate aus dem Reformhaus zu verzichten.

Bis dahin war es allerdings noch ein steiniger Weg, auf dem er hohe mentale und logistische Hürden zu überwinden hatte. Bei den ersteren half ihm ein Urlaub in Westafrika. Dort war er auf einer Fotosafari gewesen und hatte in einem Dorf weitab der „Zivilisation" gebratene Stücke eines Gorillas angeboten bekommen. Zunächst war er skeptisch, doch nachdem ihm die Wirtin mit den Perlenzähnen glaubhaft versichert hatte, dass der Affe unbeabsichtigt von einem Lastwagen überfahren worden sei, konnte er im Verzehr desselben nichts Schlechtes mehr erkennen, keinen Widerspruch zu seinen Essgewohnheiten und keinen Bruch seiner Überzeugungen.

Es mundete vorzüglich und im Laufe der Mahlzeit gewöhnte er sich auch an den Anblick der von der Hitze leicht gekrümmten Hand, die zusammen mit dem zarten Muskelfleisch auf dem Grillspieß steckte. Sicher, es war schon etwas befremdlich, aber der großartige Geschmack und die vielen Mineralstoffe - von denen er aus der Literatur wusste - machten es ihm leicht, herzhaft zuzubeißen.

Wieder daheim recherchierte er im Internet und begab sich auf die Suche nach Gleichgesinnten. Es war nicht einfach, aber mit viel Beharrlichkeit (und nachdem er an der Schule eine Computer-AG gegründet hatte) gelang es ihm, in der Tiefe des Netzes auf ein entsprechendes Forum zu stoßen. Dort war er nun endlich nicht mehr allein, konnte sich frei und ungezwungen mit Gleichgesinnten austauschen. Der Heftstapel war inzwischen bis zur Schreibtischplatte zusammengeschmolzen. Geschafft! Er stand mit einem Ruck auf, drückte die Wirbelsäule durch und ließ seine Schultern kurz kreisen. Dann ging er wieder hinüber in die Küche. Diesmal zum Eisschrank, dem er einen Schinken entnahm und sich eine hauchdünne Scheibe abschnitt. „Carnicería Santa Virginia" stand auf dem Etikett. Metzgerei zur Heiligen Jungfrau – direkt neben dem gleichnamigen Unfallkrankenhaus am Ufer des Rio de la Plata.

Herbstseele

Matthias Haak (Bonn)
Preisträger

Der Wind griff ihr in die Haare. Es dunkelte bereits. Sie hatte Mühe, die Glastür gegen das Stürmen aufzuziehen. Was für ein Wetter! Drinnen hängte sie ihren klammen Mantel an die Garderobe. Sie war etwas außer Atem. Man sah, dass sie von draußen kam. Der Herbst hatte ihr nasses Laub an die Hose geheftet, das sie nun vorsichtig abstreifte. Unter ihren Augen zeigten sich matte Ringe, nicht so tief, dass es wirklich aufgefallen wäre, aber doch waren sie da.

Um diese Zeit war kaum noch jemand hier, aber das störte sie nicht. Es hatte etwas Meditatives für sich, die Abendstunden im Büro zu verbringen, fand sie. Nur sie und das Telefon. Da konnte sie durchatmen, den ganzen Stress für eine Weile vergessen. Das Studium war so anstrengend in letzter Zeit ...

Sie wusste noch genau, warum sie sich damals für den Dienst entschieden hatte. Sie wusste es noch, weil sie es immer noch so stark fühlte. Als sie begonnen hatte, Soziale Arbeit zu studieren, war es ihr ein Anliegen gewesen, einen praktischen Beitrag zu leisten, und ehrenamtliche Telefonseelsorge war ja immer möglich. Nach einer kurzen, aber intensiven Ausbildung hatte sie schon das Gefühl gehabt, viel über sich selbst gelernt zu haben. Seit dem vergangenen halben Jahr hatte sich dieses Gefühl nur noch verstärkt. Sie sprach gerne mit Menschen. Im Dienst begegneten ihr ganz unterschiedliche Personen. Oft waren es Einsame, Leidende, die etwas Schweres umtrieb oder die den Weg nicht mehr sahen. Denen half sie so gut sie konnte, übermittelte Trost oder nannte weitere Hilfestellen. Es gab für alles eine Lösung, davon war sie fest überzeugt! Es gelang ihr in der Regel schnell, sich auf die Anrufenden einzulassen. Empathie war für sie das Natürlichste der Welt. Allein, dass manche sich verstanden fühlten, konnte zuweilen eine Hilfe sein.

Ein zufriedenes Grinsen stahl sich in ihr Gesicht, als sie sich auf dem Bürostuhl niederließ und den Bildschirm vor sich einschaltete. Wer heute wohl anrief?

Sie atmete aus. Ja, jetzt war es, als würde der Stress von ihr abfallen. Sie hatte noch Hausaufgaben für die Uni zu tun und ihre Thesis musste sie auch noch schreiben ... aber das hatte Zeit. Jetzt am Wochenende hatte sie sich erstmal frei genommen. Sie und Laura wollten zusammen in die Margaretenschlucht fahren und abends zusammen kochen. Sie lächelte bei dem Gedanken. Laura war ihre Mitbewohnerin und studierte wie sie in Heidelberg. Früh morgens fuhren sie oft gemeinsam mit Zug und S-Bahn zur Uni und bestaunten dabei die vorüberziehende erwachende Natur. Sie kannten das kaum, sie waren ja beide Stadtkinder gewesen ...

Laura studierte Sport. Sie war einer der Menschen, die sich nie genug bewegen konnten. Auch im stürmischen und nassen Herbst hatte sie ihr liebstes Ritual, vor dem Abendessen noch eine Runde zu joggen, nicht abgestellt. Jetzt lief sie bestimmt wieder hoch ins Mümlingtal. Sie mochte diese Strecke ...

Das Telefon klingelte. Es war noch eins der ganz alten Modelle, bei denen der Hörer per Schnur mit dem Apparat verbunden war. Ihr gefiel das irgendwie.

„Guten Abend, Sie sprechen mit der Seelsorge, mein Name ist Katja", meldete sie sich und legte sofort Zuversicht und Positivität in ihre Stimme. Da man das Gegenüber nicht sah, war es umso wichtiger, dass man eine entsprechende Energie ausstrahlte.

Ein leises Räuspern ertönte aus der Muschel, dann knackte es leicht. „Hallo", erklang es schließlich dumpf. Die Stimme klang heiser, aber sie war männlich.

„Guten Abend, wie geht es Ihnen?" Sie stellte sich immer ein ungefähres Bild der Anrufer vor, das sich ganz intuitiv aus der Stimme ergab. Auch jetzt sah sie ein Gesicht vor sich: ein mittelalter Herr, mit stoppeligen Haaren und einer runden Brille auf der spitzen Nase.

„Ich ..." Wieder ein Räuspern. „Ich weiß nicht, an wen ich mich sonst wenden soll. Ich ... möchte einfach mit jemandem reden ..."

„Da sind Sie hier richtig." Sie zwinkerte dem imaginären Gesicht zu. „Gerne höre ich Ihnen zu. Worüber möchten Sie sprechen?"

Wieder folgte eine kurze Pause. Dann begann er mit einem Räuspern: „Wie war noch gleich Ihr Name?"

„Katja."

„Hm … In Ordnung, Katja, ich habe … ich habe heute jemanden verloren, der mir viel bedeutet hat …" Eine erneute Pause, in der es so klang, als wolle der Mann am anderen Ende noch etwas sagen, doch es kam nichts mehr.

„Das war sicher sehr traurig für Sie", antwortete sie mitfühlend.

„… Ich hatte gehofft, dass es anders ausgeht."

„Das tut mir leid. Aber der Tod ist etwas sehr Natürliches. Er gehört zum Leben dazu. Ich bin sicher, dass es der Person jetzt bessergeht, dort wo sie ist."

Ein Seufzen ertönte durch den Hörer. „Das bezweifle ich, leider. Sie … Sie ist bestimmt in der Hölle."

Das Bild vor ihren Augen veränderte sich. Der Mann wirkte jetzt älter, war beinahe kahl. Furchen verliefen über seine Stirn und im Hintergrund hing ein großes hölzernes Kruzifix.

„Das tut mir leid", sagte sie erneut. „Darf ich fragen, wieso Sie so denken?"

„… Sie war böse … Sie war nicht gut zu mir."

„Möchten Sie darüber sprechen?"

Ein kurzes Zögern. „Ja, darum rufe ich an."

„Was hat die Person Ihnen getan, das Sie traurig gemacht hat."

„Sie musste sterben."

„Ich meine, was hat sie vorher getan, weshalb sie böse war."

„Sie … sie hat mich schwer verletzt." Wieder entstand eine Pause, aber dieses Mal hakte sie nicht nach. Sie spürte, dass der Mann begann, sich zu öffnen, dass er zu erzählen begann.

„Ich war in die Frau verliebt, verstehen Sie, Katja? Ich habe sie geliebt … Aber sie … sie hat meine Liebe weggeworfen!" Das letzte Work spuckte er geradezu, sodass es im Hörer knackte. Sie unterdrückte den Reflex, sich das Ohr zu reiben.

„Haben Sie ihr Ihre Gefühle gestanden?"

„Natürlich! Tausendmal sozusagen. Aber sie hat mich nie beachtet, ist nie darauf eingegangen … Und dann ist sie gestorben."

„Es tut mir leid, dass Sie einen solchen Verlust erlitten haben." Tiefes Mitleid überkam sie bei der Vorstellung. Nicht nur, dass der Mann jemanden verloren hatte, nein, auch kämpfte er mit der Last der unerwiderten Liebe. Er tat ihr wirklich leid.

„Ich hatte nicht viele Menschen in meinem Leben, wissen Sie? Es war nicht leicht für mich … Und als ich ihr heute gesagt habe, was ich für sie empfinde …" Der Anrufer räusperte sich und musste dann husten.

„Entschuldigen Sie." Sie runzelte die Stirn. „Sagen Sie, dass Sie heute noch mit der Frau gesprochen haben, die auch heute gestorben ist."

„Ja."

„Das muss schrecklich für Sie sein!"

„Ja, Sie verstehen mich, Katja. Sie verstehen mich."

Der Bildschirm schaltete in Standby. Sie bewegte geistesabwesend die Maus, um ihn wieder aufzuwecken. „Es gibt verschiedene Trauerangebote. Das ist sicher hilfreich für Sie, gerade wenn jemand, den man eigentlich geliebt hat, so unerwartet verstirbt."

„Sie hat es verdient."

„Bitte?"

„Sie hat bekommen, was sie verdient hat."

Sie musste kurz schlucken bei diesen Worten. Wieder schien sich das Bild des Anrufers zu verändern. „Man kann mit der Vergangenheit abschließen. Das kann man lernen. Und dann kann man die Verstorbenen loslassen." Sie hatte Mühe, ihre Stimme nicht dumpf klingen zu lassen. Etwas drückte in ihrer Magengegend.

„Diese arrogante Frau musste sterben. Es war mir klar, als ich sie heute gesehen habe." Der Anrufer schien sie dieses Mal nicht gehört zu haben. „Sie hat gemeint, dass ich mich von ihr fernhalten soll. Dass ich zu alt sei!" Das Räuspern klang wie ein Defekt im Telefon. „Hat gedacht, dass sie davonlaufen kann und mich einfach so zurücklässt. Hat gedacht, sie kann mir entkommen."

„Entschuldigen Sie …" Die Situation wurde ihr zunehmend unangenehm.

„Sie war schon fast bei den Häusern, aber nur fast."

„Entschuldigen Sie", versuchte sie es nochmal, „wovon sprechen Sie eigentlich?"

„Ich habe meine große Liebe verloren. "

Irritiert schüttelte sie den Kopf. Sie konnte nicht genau einordnen, was der Mann ihr erzählte. Sein Bild verschwamm vor ihren Augen und formte sich neu, wurde zunehmend bedrohlicher. „Wer war Ihre große Liebe eigentlich?", fragte sie aus einem Impuls heraus.

„Hm … Eine junge Frau, etwa in Ihrem Alter, wenn ich mir Ihre Stimme so anhöre. Eine Studentin. Ich habe sie morgens immer im Zug mit ihrer Freundin gesehen. Abends joggt sie oft eine Strecke bei uns im Ort. Sogar im Herbst …"

Ein mulmiges Gefühl überkam sie. Unbestimmte Angst ergriff von ihr Besitz.

„Sie hatte schöne Augen. Aber mich wollte sie nicht sehen. Mich nicht, diese …" Angestrengtes Keuchen drang aus dem Hörer. „Ich kannte sie nur vom Sehen. Erst vorhin habe ich auch ihren Namen erfahren …"

Sie fühlte ihr Herz in der Brust donnern. Im Geist sah sie schreckliche Bilder. Verzweifelt versuchte sie, die aufkommende Panik niederzukämpfen.

„Laura … was für ein schöner Name, nicht wahr? … Aber Ihr Name klingt auch schön … Katja … Katja? Hallo? … Hallo?"

Der Hörer baumelte lose über der Tischkante. Der Bildschirm zeigte wieder nur Schwärze. Unentrinnbare Schwärze ….

Die Tür war noch leicht geöffnet. Das Büro aber war verwaist.

Ausrutscher

Susanne Hartmann (Freiburg i. Br.)

Onkel Ewald schickte mir eine E-Mail. Seit zwei Jahren leistete er, wie ich, Dienste für den Verein SchlöBuRO – Schlösser, Burgen und Ruinen im Odenwaldkreis. Wir unterstützten ehrenamtlich Renovierungen, veranstalteten Festivals mit Bühnenstücken oder Krimi-Dinner, wo Ritter, Grafen und Gelehrte zum Leben erwachten.

Ungern telefonierte Onkel Ewald, er war E-Mail-Freak.

„Hallo Lisa, bitte komm vorbei. Brauche deinen Rat."

Ich mailte zurück: „Wieso?"

„Kann ich nicht schreiben. Da ist was."

„Was denn?"

„Ist geheim."

„Geheim?"

Es kam keine Antwort. Also schlug ich vor:

„Lass uns Whatsappen. Geht schneller als E-Mail."

„Bloß nicht. Daten auf Handy werden leicht geknackt. Ich hab was entdeckt."

„Kannst du eine Andeutung machen?"

„Bloß nicht. Komm einfach."

Was war das wieder für ein Theater? Hatte er etwa im Archiv oder auf dem Flohmarkt eine antike Schrift der Grafen zu Erbach oder von Einhard, dem mittelalterlichen Gelehrten, gefunden? Oder eine Münze aus der Renaissance?

Da ich wusste, er ließ keine Ruhe, und um meine Neugier zu befriedigen, beschloss ich vorbeizufahren. Von Michelstadt zu seinem Häuschen in der Odenwälder Pampa, wie er es nannte, war es nicht weit. Seit Tante Sigrid ihn vor anderthalb Jahren zum Witwer gemacht hatte, häuften sich seine E-Mails an mich, seine Lieblingsnichte, wie er betonte. Als ich ein Kind war, ließen wir Modellflugzeuge über Wiesen sausen, knipsten Fotos von Bienen, die Blüten umschwirrten. Onkel Ewald und Tante Sigrid nahmen mich mit ins Kino oder in Museen, weil meine Eltern oft keine Zeit hatten. Einmal schenkte er mir ein ausgestopftes Krokodilbaby. Bis heute weiß ich nicht, woher er es hatte.

Ich parkte vor dem Häuschen, der Anstrich blätterte ab, die Ziegel wirkten bröckelig. Kaum klingelte ich, riss er die Tür auf, der Kopf granatapfelrot, sodass ich mir Sorgen um seinen Blutdruck machte. Er führte mich in den Hobbyraum. Auf dem Tisch lag eine Decke, unter der sich kleine Hügel wölbten. Er erzählte mir vom gestrigen Spaziergang auf der Ruine Rodenstein. Nachdem es drei Tage geregnet hatte, musste er feststellen, dass es tonnenweise Erde weggeschwemmt habe. Er habe es im Schlamm glitzern sehen, danach gegriffen und eine Silbermünze hervorgezogen. Bevor mehr Schauer alles wegzuspülen drohten, habe er handeln müssen und buddelte mit bloßen Händen in der Erde. Wenn Onkel Ewald sich einsetzte, dann aber richtig.

Er galt in Michelstadt und Umgebung als Ehrenamtlicher schlechthin. Früher diente er in der freiwilligen Feuerwehr bis zu jenem denkwürdigen Einsatz bei einem Hausbrand. Dem herausstürmenden Ehepaar hielt er den Strahl ins Gesicht, um sie vor Flammen und Rauch zu schützen. Das linke Auge der Frau wurde wochenlang in der Klinik behandelt. Danach stieg er im OdeKuK ein, dem Odenwaldverein für Kunst und Kultur in dem Hobbymaler und -schnitzer Ausstellungen organisierten. Onkel Ewald überraschte dabei mit Holzkarikaturen vom Bürgermeister. Es kam zur Anzeige wegen Verunglimpfung, zu Streit im Verein, der ihn schließlich ausschloss. Im IMiMi, im Inklusionsverein Mitbürger mit Migrationshintergrund, fand er ein neues Betätigungsfeld. Er beschenkte Araber mit Wein, die sie heimlich an deutsche Bekannte weitergaben. Später lud Onkel Ewald sie zum Essen ein, wo er Schweinebraten kredenzte. Der Abend endete im Fiasko. Der Vorstand bestellte ihn ein. Seine Absicht, die Araber zu inkludieren, zu erziehen, fand keinen Widerhall. Man legte ihm nahe, auszutreten. Zu all diesen Fehlschüssen lachte Onkel Ewald grimmig. „Das waren Ausrutscher, ich bin halt sehr einsatzbereit." Er treffe beim Zielen gerne ins Schwarze. Onkel Ewalds Cousin Bernd, der ebenso im Verein SchlöBuRO tätig war, ergänzte, seine Treffer durchschlügen oft die Zielscheibe. Wehe dem, der dahinter stand.

Beide verband eine lange Geschichte als Ehrenamtler. Bernd, pensionierter Psychologe, werkelte noch immer im OdeKuk und im IMiMi. Die SchlöBuROler hatten ihn zum Vorsitzenden erkoren. Beide schwärmten für Historisches. Onkel Ewald sammelte Nachbildungen vergangener Epochen, wie Helme, Dolche oder Schmuckkästchen, trat als Laiendarsteller bei unseren Bühnenstücken auf. Bernd hingegen las lieber Bücher zur Kunstgeschichte, besuchte Vorträge und diskutierte.

Jetzt blickte mich Onkel Ewald aus strahlenden Augen an und lüftete die Decke. Neben einer wie von Mäusen zernagt aussehenden Holztruhe blinkte es mir golden und silbern entgegen. Es mussten tausend Taler in Gold sein, dazu Besteck, Becher und Krüge in Silber. So etwas hatte ich höchstens im Museum gesehen. Hatte er sich nicht vor kurzem einen Metalldetektor zugelegt?
Ich fragte: „Hast du die Behörden informiert?"
Er schüttelte den Kopf.
„Mir steht ein Finderlohn zu. Was meinst du als gelernte Historikerin?"
„Unwahrscheinlich, dass es einen gibt."
Er grummelte von Aufwandsentschädigungen, die im SchlöBuRO stets auf sich warten ließen.
Dann grinste er. „Du kennst doch Leute."
Ich zog die Brauen zusammen. „Was für Leute?"
„Den Schatz an die richtigen Leute bringen, du bist doch Sekretärin im Bauunternehmen. Nicht an Museumsgesellen, wo alles im Magazin verschwindet."
Ich schaute ihn verständnislos an.
Er fuchtelte durch die Luft, schwadronierte, mit dem Erlös könnte er renovieren. Er wollte beim Wohnzimmer anfangen. Zuerst die Opa-Truhe, den Wandschrank und den Riesenteppich rausschmeißen. Er erinnerte an mein Wald- und Wiesengrundstück zwischen Henningstein und Zuckerbuckelhütte. Da könnte er einen Scheiterhaufen entzünden, die Asche ergäbe einen prima Dünger für meinen Garten.
Ich sah, Onkel Ewald brauchte dringend Hilfe und ich fachlichen Rat bei Cousin-Psychologe Bernd. Er sollte ihm einen neuen Therapeuten vermitteln. Der letzte war Onkel Ewald

nicht gewachsen gewesen. Auf Fragen von Dr. Schall antwortete er etwa „Halten Sie sich wirklich für kompetent?" oder „Warum sind Sie von sich so eingebildet?" Er schlug Dr. Schall vor, dem SchlöBuRO beizutreten, wo er sozialen Umgang lernen könnte. Eine Woche später legte Onkel Ewald Dolche auf den Schreibtisch und schlug ein Messerwerfen im Behandlungszimmer vor. Als er das nächste Mal Schwerter mitbrachte, um sich mit dem Therapeuten zu duellieren, konnte Bernd Dr. Schall nur knapp davon abhalten, Anzeige zu erstatten.

Wie konnte ich Onkel Ewald überzeugen, seinen Schatz abzugeben, um uns weitere Schnitzer zu ersparen? Ich ging aufs Klo und sendete eine WhatsApp an Bernd.

Er antwortete sofort: „Bleib ruhig. Gib ihm einfach Recht. Wir regeln die Sache morgen."

Als ich wieder bei Onkel Ewald neben den blinkenden Münzen stand, lächelte er. „Ich mache uns ein Hirschragout. Kannst du Kartoffeln aus dem Keller holen?"

„Klar."

Es war eine gute Idee gemeinsam zu schmausen. Vielleicht lenkte er ein und wir konnten anderntags den Fund melden.

Ich stieg die Treppe hinab. Die Tür oben fiel zu. Das Geräusch des sich drehenden Schlüssels ließ mich zusammenfahren.

„Onkel Ewald, was machst du?", rief ich.

„Ich bringe dich in Sicherheit, mein Schatz. Als Nichte warst du mir immer die liebste."

„Du lässt mich im Keller?"

„Nur eine Weile", versprach er.

Jetzt war es aber genug. Ich rannte die Treppe hoch, rüttelte an der Tür.

„Hör auf!", rief er, „bald kommst du frei."

Ich whatsappte an Bernd: „Er ist total verrückt geworden, hat mich im Keller eingeschlossen."

„Halt aus, ich alarmiere die Polizei und komme mit zu euch."

Ich hörte Onkel Ewald im Erdgeschoss kramen.

Bernd ließ mich wissen: „Die Polizei und ich brauchen eine halbe Stunde."

Um mich abzulenken, öffnete ich Schubladen und Türen der klapprigen Schränke und Büffets. Viel Krimskrams lag darin. Das Brummen eines Automotors war zu vernehmen. Ich lauschte, ob es klingelte. Das tat es nicht. Vielleicht gingen sie ums Haus, damit die Polizei sah, wie Onkel Ewald hauste, um ein psychologisches Profil zu erstellen.

Sämtliche Möbelschubladen und -türen im Keller hatte ich durch, fehlte die Tiefkühltruhe, worin wohl das Hirschragout schlummerte. Der Deckel knirschte, Eiseskälte hauchte mir entgegen. Die Beleuchtung sprang an und tauchte den Inhalt in grelles Licht. Fast ließ ich den Deckel fallen. Es war, als stachen kalte Nadeln in meine Haut.

Da lag er. Bernd. Als schliefe er. An der Stirn klaffte eine Wunde. Frostkristallisiertes Blut bedeckte eine Gesichtshälfte, wie Himbeersauce ein Vanilleeis.

Nach ein paar Schreckminuten rief ich die Polizei.

Bei Raubach erwischte der Förster Onkel Ewald beim Vergraben des Schatzes in heimischer Odenwälder Erde. Später gestand er, Cousin Bernd habe gelacht über Aufwandsentschädigung und Finderlohn. Er habe gegrölt, am besten stecke man ihn ins Gefängnis, dort würde Onkel Ewald kein Fauxpas mehr unterlaufen. Da sei ihm die Hand ausgerutscht, mit dem Rodensteiner Silberkrug in der Hand, einfach ausgerutscht.

Schneewittchen

Bianca Heidelberg (Kraichtal)

Larissa spürte die kalten rauen Steine durch ihr dünnes T-Shirt hindurch. Ihre Vorderseite wurde gewärmt von dem starken Mann, der glühende Küsse auf ihre Lippen und ihren Hals drückte.

„Hannes", seufzte sie. Er hielt ihren Nacken fest, strich mit dem Daumen über ihre Wange. Seine strahlend blauen Augen blickten tief in ihre.

„Ich muss gehen, sonst merkt Marlon noch etwas. Wir spielen hier mit dem Feuer, aber ich kann dir einfach nicht widerstehen." Nach einem weiteren langen Kuss riss er sich von ihr los und verließ den Stollen.

Larissa schaute ihm hinterher. Seine breiten Schultern, sein energischer Gang, die blonden Locken, die Art, wie er sie begehrte – er war alles, was sie wollte. Dabei war es ausgerechnet Hannes' Sohn Marlon, der ihr die Schulzeit zur Hölle gemacht hatte. Ganze dreizehn Jahre hatte sie ihn ertragen müssen, seine Gemeinheiten und Spötteleien. „Schneewittchen, ohne Arsch und ohne Tittchen", hatte er ihr immer zugerufen. Und sie sah tatsächlich aus wie Schneewittchen, mit ihren schwarzen Haaren und der blassen Haut. Seinem Vater gefiel es. Gedankenverloren schlenderte sie durch den Stollen und machte ein paar Fotos für ihre Mitstreiter beim NABU Sensbachtal. Zu Hause würde sie zusammenstellen, welche Maßnahmen vor dem nächsten Winter fällig waren, um den Stollen möglichst attraktiv für die Fledermäuse zu machen. Bereits letzten Winter hatten einige Tiere das Quartier bezogen. Larissa wollte dieses Jahr einen Experten einladen, damit sie sicher wussten, welche Arten hier überwinterten. Sie hoffte auf Raritäten wie die Bechsteinfledermaus.

Als Fledermaus-Patin für den Stollen hier in Hebstahl hatte sie dafür gesorgt, dass das Umfeld fledermausfreundlicher wurde. Der umliegende Wald war sicher von Vorteil. Außerdem sorgte sie dafür, dass die umliegenden Bauern die Naturschutzvorgaben einhielten. Die umliegenden Bauern bestanden hauptsächlich aus Hannes und seinem Sohn Marlon, der glücklicherweise nur am Wochenende zu Hause war, da er in Stuttgart Agrarwissenschaften studierte.

Larissa war inzwischen froh darüber, dass ihre Eltern ihr keine Wohnung im Studentenwohnheim in Heidelberg bezahlen wollten, so dass sie täglich pendeln musste. So war es einfacher, Hannes während der Woche zu sehen. Mit nur 300 Einwohnern war es in Hebstahl schwer, etwas zu verheimlichen. Aber am gefährlichsten war es am Wochenende, wenn Marlon zu Hause war.

Die knarzende Eingangstür riss Larissa aus ihren Gedanken. Sie lächelte. Hannes hatte es nicht lange ausgehalten. Oft kam es vor, dass er auf dem Heimweg kehrtmachte und für einen letzten Kuss in den Stollen zurückkehrte. Sie blickte durch den Gang in Richtung Eingang. Durch die offene Tür fiel Licht herein und umrahmte Hannes' Gestalt von hinten. Ein Halo lag um seine blonden Locken. Die Tür fiel zu, und Larissas Lächeln verschwand. Sie verschränkte die Arme vor der Brust.

„Marlon. Was willst du hier?"

Marlon war das Ebenbild seines Vaters und hatte sogar die gleichen blauen Augen. Der einzige Unterschied war, dass Marlons Augen sie voller Verachtung und Wut anstarrten.

„Das war das letzte Mal, dass du mich angezeigt hast, Schneewittchen", presste er zwischen zusammengebissenen Zähnen hervor. „Lass mich endlich in Ruhe mit deiner Öko-Scheiße!"

Larissas Hände zitterten, aber sie zwang sich, ruhig zu bleiben.

„Du hast ganze Hecken abgeholzt, anstatt nur ein Fünftel auf Stock zu schneiden. Damit nimmst du den Tieren die Rückzugsmöglichkeiten. Das kann der NABU nicht akzeptieren."

„Laber keinen Müll. Du versteckst dich doch nur hinter diesen Ökos. In Wirklichkeit willst du dich an mir rächen. Kannst mir wohl immer noch nicht verzeihen, dass ich nicht auf dich stehe. Und sieh dich an, immer noch so allein. Kein Mann interessiert sich für dich. Aber eins sage ich dir: Noch eine Anzeige, und du wirst sehen, was du davon hast." Er führte seine Hand über seinen Hals.

Larissa zog die Augenbrauen hoch.

„Du bist einfach nur peinlich, Marlon. Du kannst mir keine Angst machen." Sie starrte ihn an, versuchte, den Blickkontakt zu halten. Wie hatten seine Gemeinheiten sie gedemütigt. Marlon, Schwarm aller Mädchen, hatte sich ausgerechnet sie als Ziel seiner fiesen Attacken ausgesucht. Aber seine Gemeinheiten erreichten sie nicht mehr. Sie wusste nun, dass sie begehrenswert war. Und ausgerechnet Marlons Vater hatte ihr das gezeigt. Marlon war nur ein dummer kleiner Junge, der leere Worte von sich gab.

„Du kannst mich mal", sagte sie verächtlich und drehte ihm den Rücken zu, um ihre Arbeit fortzusetzen.

„Wir sind noch nicht fertig miteinander", rief er aufgebracht. Sie hörte seine Schritte hinter sich, dann schlug die Tür zu. Erleichtert atmete sie auf. Ihr Puls beruhigte sich. Mit zitternden Händen nahm sie ihre Arbeit wieder auf und war wenige Minuten später fertig.

Als die Tür erneut leise knarrte, wirbelte sie herum. Sie konnte ihren Herzschlag in ihrer Brust spüren.

„Was willst du schon wieder?", rief sie.

„Woah, immer langsam, was ist denn los?" Hannes hob beschwichtigend seine rechte Hand und ging auf sie zu. Er legte seine Hand auf ihre Schulter und massierte sie sanft.

Larissa seufzte. „Marlon war hier."

„Was wollte er?"

Larissa schnaubte. „Er hat sich über die letzte Anzeige beschwert. Wollte mir wohl Angst machen, aber das kann er vergessen."

Hannes schaute sie geknickt an. „Musst du ihn immer wieder anzeigen? Er ist schließlich mein Sohn."

„Solange er Scheiße baut, zeige ich ihn dafür an." Trotzig schaute Larissa Hannes an.

Hannes seufzte. „Ich wünschte, ihr würdet miteinander klarkommen. Und vor allem bin ich dieses Versteckspiel leid. Ich will keine Affäre. Ich will dich ganz."

Larissa lachte. „Mein Vater würde dich umbringen. Und Marlon würde Amok laufen."

„Sie würden sich beide daran gewöhnen", erwiderte Hannes.

„Ich weiß es. Gib uns eine Chance." Er nahm ihre Hand und ließ sich auf ein Knie sinken. Dann holte er seine linke Hand hinter seinem Rücken hervor und hielt ihr einen bunten Strauß aus Wiesenblumen unter die Nase. „Heirate mich."

Larissa lachte. Trotz allem stieg ein warmes Glücksgefühl in ihr auf. „Hannes, ich … Das geht nicht. Du würdest die Hochzeit nicht überleben."

Hannes gluckste. „So schlimm ist dein Vater auch wieder nicht."

„Du hast ja keine Ahnung", murmelte Larissa. Bedächtig streckte sie ihre Hand aus und nahm die Blumen, führte sie zu ihrer Nase und roch daran. Genießerisch schloss sie die Augen. „Sie riechen himmlisch."

„Ist das ein Ja?", fragte Hannes schmunzelnd.

Larissa zog ihn hoch und gab ihm einen Kuss auf den Mund. „Nein", sagte sie. „Zumindest nicht jetzt."

„Das ist schon näher an einem Ja als beim letzten Mal." Hannes lachte, hob sie hoch und wirbelte sie herum, bis sie quiekte. Nachdem er sie wieder abgesetzt hatte, drückte er ihr einen letzten Kuss auf die Lippen und eilte hinaus. Von draußen rief er durch die Tür: „Ich liebe dich, Larissa! Bald bist du mein!"

Larissa grinste. „Du Spinner!", murmelte sie, dann drehte sie sich um ihre eigene Achse und summte vor sich hin, während sie noch einmal an den Fledermauskästen entlangging.

Keine Minute später wurde die Tür aufgestoßen.

„Ist heute etwa Tag des offenen Stollens?", rief sie gut gelaunt und versuchte zu erkennen, wer es diesmal war.

Als die Tür zuknallte, fiel ihre gute Laune in sich zusammen. Eine angespannte Stille beherrschte den Stollen. Misstrauisch beäugten die beiden Widersacher sich.

„Du und mein Vater?", fragte Marlon tonlos.

Larissa schluckte. Wie weggewischt war Marlons ätzende Art, mit der er sie sonst attackierte. Nun war er gefährlich ruhig. Larissa spürte die Bedrohung, die von ihm ausging. Langsam, Schritt für Schritt, ging er auf sie zu. Larissa wich zurück, bis sie am Ende des Stollens ankam und sich der kalte Stein in ihren Rücken bohrte. Marlon baute sich vor ihr auf. Larissas Lippen zitterten. Sie wagte nicht zu sprechen.

„Ich sah ihn reingehen. Da wurde ich neugierig und habe mich hier versteckt, bis er wieder rauskam. Ich habe gehört, was er gesagt hat. Du willst ihn mir wegnehmen", zischte Marlon. „Aber das lasse ich nicht zu. Er ist das Einzige, das mir geblieben ist."

„Marlon, ich ...", begann Larissa, aber Marlons Hand schnellte an ihre Kehle und drückte zu. Ihr Hinterkopf stieß schmerzhaft gegen die Wand. Sie versuchte zu atmen, doch seine Hand schnürte die Luftzufuhr ab. Sterne tanzten vor ihren Augen. Ihre Finger griffen nach seiner Hand, zerrten daran. Verdammt, sie hatte im Selbstverteidigungskurs gelernt, dass das sinnlos und dumm war, aber wie ging nochmal der Befreiungsgriff? Ihr Herz klopfte wie verrückt. Dunkle Schatten tanzten vor ihren Augen.

„Du nimmst ihn mir nicht weg, Schneewittchen, du nicht!" Marlons Stimme war ganz nah. „Hier ist dein roter Apfel, Schneewittchen."

Larissas Kehle brannte. Sie sah nichts mehr, hörte nur Marlons angestrengtes Keuchen. Oder war es ihres?

„Friss und stirb, Schneewittchen!" Larissa hörte Marlons fieses Lachen, dann versank sie in watteweiches Nichts.

Agatha hat immer recht

Sarah Klein (Bad König)

„Vielen Dank, damit ist Ihr Konto ausgeglichen. Wollen Sie noch nach den Neuanschaffungen schauen?" Die Frau schüttelte den Kopf. „Nächste Woche hat die Kita geschlossen, da bleibt keine Zeit zum Lesen." Elfie lächelte. „Das kann ich verstehen. Genießen Sie die Zeit." Die Frau verließ die Stadtbücherei. Elfie beschloss, die vier zurückgegebenen Bücher gleich wegzuräumen. Die Arbeit erledigte sich schließlich nicht von selbst! Sie griff nach dem Stapel, ging um die Anmeldung herum und die Rampe hinauf. Die drei Romane gehörten alle in den gleichen Gang, scheinbar hatte die Dame bei ihrem letzten Besuch genau hier gesucht. Das vierte Buch war eine Biografie von Agatha Christie: Byk, las Elfie, das war die Kategorie Lebensbeschreibungen, Erinnerungen und Briefe. Am Regal angekommen, überflog sie den Klappentext. „Wenn Menschen ein Verbrechen begehen, haben sie immer einen Grund dafür", las sie. Noch zwei Stunden später, als Elfie Feierabend machte, die wenigen Tassen und Gläser abspülte, im Stromkasten die Sicherungen umlegte, das Licht am Eingang löschte und abschloss, ging ihr dieser Satz durch den Kopf.

Einige Tage später, an einem Mittwochvormittag, trat Elfie ihre nächste Schicht in der Bücherei an. Sie hatte eine Stunde zum Vorbereiten, dann würden die Kinder von der nahen Gesamtschule den sonst ruhigen Ort beleben. Elfie lächelte. Dank einer frühen Erbschaft, einem großen Mietshaus in Michelstadt, verfügte sie nun frei über ihre Zeit. Sie liebte Bücher, das nette Team um sie herum und die Tatsache, dass die Bücherei hauptsächlich von Ehrenamtlichen betrieben wurde. Der Aufenthalt in Bibliotheken und Büchereien war für alle kostenlos, man kam hierher als Mensch und nicht als potenzielle Einnahmequelle. Elfie hatte große Freude daran, Kindern und Jugendlichen ihre Welt der Geschichten näher zu bringen. Sie bot daher seit einem Jahr immer mittwochs eine Lesegruppe nach der Schule an. In der Gruppe betreute sie auch Jugendliche, die als „schwieriger Fall" gegolten hatten. Elfie brachte viel Geduld auf und die Atmosphäre der Bücherei wirkte beruhigend. Auch auf Sven. Er war 16, prügelte sich oft und geriet ständig mit seinen Lehrern aneinander. Sven war klein und schmal für sein Alter, verfügte aber angeblich über Kraft für drei. Anfangs hatte er nur seine kleine Schwester Emilia hierher begleiten wollen. Sie würde bald 14 und Elfie fand die brüderliche Fürsorge wunderbar. Sven war geblieben, erst am Computer und irgendwann las er ein Buch nach dem anderen. Emilia hatte am Anfang immer zu Boden gestarrt und redete kaum, aber in den letzten Wochen wirkte sie entschlossener und selbstsicherer. Am liebsten hätte Elfie in alle Welt posaunt, dass die Bücherei eben doch einen Unterschied machte!

Das Telefon riss Elfie aus ihren Gedanken.

„Stadtbücherei Erbach, Elfie Michels."

„Hier ist Herbert Meyer." Der Oberstudienrat klang, als habe er etwas äußerst Wichtiges zu sagen. Aber so klang er immer und wichtig war es nie, dachte Elfie. „Heute sind es nur sieben Kinder."

Elfie horchte auf. Üblicherweise waren es zehn Kinder, manchmal mehr.

„Das ist ja schade."

„Zwei Klassen sind auf Wandertag in der Grube Messel", erklärte Meyer, „Sven und Emilia Neumann hatten einen Todesfall in der Familie und bleiben vorerst zu Hause."

Elfies Herz wurde schwer. „Das tut mir leid."

„Der Vater hatte einen Autounfall", wusste Meyer, „das Bremskabel ist wohl geplatzt. Selbst schuld, wenn man diese Billig-Skodas fährt." Elfie wollte protestieren, aber er redete weiter. „Jetzt wissen Sie Bescheid, falls die beiden nächste Woche wiederkommen."

Aber am nächsten Mittwoch kamen sie nicht. Nach der Stunde rief Elfie in der Schule an. Die Schulsekretärin erklärte ihr, dass für beide Kinder ein Attest vorlag, sie also auch nicht zur Schule kamen. Zwei Tage später, am Freitag, sprang Elfie für eine Kollegin ein. Heute war mehr los und Elfie verräumte permanent Bücher.

„Frau Michels, das Telefon klingelt!", hörte sie einen der Stammbesucher rufen. Elfie eilte hinter den Regalen hervor.

„Stadtbücherei Erbach, Elfie Michels am Apparat", nahm sie außer Atem das Gespräch an.

„Meyer hier. Gut, dass Sie dran sind. Ich wollte Sven und E-milia Neumann aus der Büchergruppe abmelden." Elfie spürte einen Stich im Magen. „Die Neumanns haben sich entschieden, aus dem Odenwald wegzuziehen."

„Was? Wieso das?" Ihre Stimme klang heiser.

„Neuanfang oder so." Meyer seufzte laut. „Das ist deren Sache. Wir können uns nicht um alles kümmern."

Klar, dachte Elfie. „Ich verstehe. Danke für die Information."

Am Wochenende erzählte Elfie ihrer besten Freundin Annie, was passiert war.

„Vielleicht haben sie nur wegen der Arbeit des Vaters hier gewohnt? Oder sie möchten nicht dauernd an ihn erinnert werden?"

Elfie schüttelte den Kopf. „Ich würde mich gerne davon überzeugen, dass es ihnen gut geht."

Annie überlegte. „Die Kinder haben doch Büchereikonten, oder nicht? Da müsste ihre Adresse hinterlegt sein?"

„Stimmt!" Elfie sprang auf. „Sicher haben sie noch einige Bücher ausgeliehen, die ich zurückholen muss!"

Annie grinste. „Dann ist es wohl Zeit für einen Hausbesuch."

Zurück in der Bücherei hatte Elfie schnell die Adresse gefunden. Sven hatte drei Bücher ausgeliehen, Emilia sechs. Jugendromane, Abenteuergeschichten und Krimis. Fünfzehn Minuten später stand sie vor dem Einfamilienhaus in einem Wohngebiet in Erbach. Obwohl eine graue Wolkendecke die Sonne aussperrte, hingen die Rollläden halb herunter. Das Haus war vielleicht zwanzig Jahre alt und gut in Schuss. Es gab zwei Garagen und einen gepflegten Vorgarten. Alles war eingerahmt von dem hier so typischen Jägerzaun. Elfie ging den Weg aus Sandsteinplatten entlang zur Haustür. Rechts und links blühten Blumen, die Bienen und Schmetterlinge anlockten. Sie klingelte. Wartete. Nach etwa einer Minute, die sich anfühlte wie fünf, drückte sie erneut auf die Klingel. Ihr Herzschlag ließ ihren Körper beben. Was, wenn keiner zu Hause war? Oder die Familie niemanden sehen wollte? Endlich öffnete sich die Tür und Sven stand vor ihr. Elfie lächelte ihn an. Der Teenager hatte zwar dunkle Schatten unter den Augen, aber zumindest hatte er sich wohl in der letzten Zeit nicht mehr geprügelt.

„Hallo Sven."

„Frau Michels!" Er riss die Augen auf. „Was machen Sie hier?" Hektisch blickte er von rechts nach links.

Besser, sie erwähnte den Todesfall nicht. „Ich habe gehört, dass ihr wegzieht. Stimmt das?" Sven nickte knapp. „Das ist sehr schade. Ihr seid aber immer in der Bücherei willkommen." Sie räusperte sich. „Könntest du mir vielleicht die Bücher geben, die ihr ausgeliehen habt?"

„Jo." Er schloss die Tür und öffnete sie wenige Minuten später wieder, um Elfie einen Stapel Bücher in die Arme zu drücken. „Danke, Sven. Alles ..." Das „Gute" blieb ihr im Hals stecken, denn er hatte schon die Tür ins Schloss geworfen.

Am Montag, als Elfie wieder Dienst hatte, scannte sie zuerst die Bücher von Sven und Emilia. Es hatten sich einige Gebühren wegen verspäteter Rückgabe angesammelt, die Elfie löschte. Als sie das letzte Buch aufschlug – TKKG - fiel ein Blatt Papier heraus. Es war ein Ausdruck, eine Skizze von einem Motorraum eines Skoda Fabia. Daneben prangte ein Bild von einem Reifen und den Kabel- und Rohrverbindungen, die dorthin führten. Elfies Mund war plötzlich trocken. Sie trank einen Schluck Wasser. Der Computer fiel ihr ein. Eilig setzte sie sich daran und gab das Administrator-Passwort ein. Aber Sven hatte hier nichts ausgedruckt und seine Browser-Chronik belegte, dass er nur nach Protein-Shakes, Selbstverteidigungsvideos und Theaterschminke gesucht hatte. Vielleicht stammte der Ausdruck gar nicht aus dem hiesigen Drucker? Aber wieso sollte er sonst im TKKG ... Sie hielt inne. TKKG war eine Jugendreihe, für 8–12-Jährige. Sven interessierte das sicher nicht. Aber seine Schwester! Elfies Finger flogen über die Tastatur, als sie sich in Emilias Konto einloggte. Volltreffer, der Druck stammte von diesem Konto! Elfie wechselte zu Emilias Browserverlauf von vor vier Wochen:

Skoda Fabia Kontrollleuchte Bremsen
Bremskabel in Stahlrohr
Was ist eine Kabelschere
Bremskabel anschneiden
Verbindung Rad-Bremse
Kabelschere ausleihen

Elfies Kehle wurde eng. Sie rief die Chronik-Verwaltung auf. Emilia hatte den Computer davor länger nicht benutzt, die nächsten Einträge waren ein Jahr alt. Elfie öffnete sie:

Theaterschminke Blutergüsse überschminken
Tritt in die Nieren Langzeitschäden
Wieso schlägt ein Vater seinen Sohn?
Gehirnerschütterung ohne ärztliche Behandlung Folgen
Wie bringe ich meinen Vater um?
Strafmündig unter 14
Wieso hilft uns niemand???

Erst als es dämmerte, konnte sich Elfie wieder rühren. Ihr Körper fühlte sich taub an. Immerhin wusste sie jetzt, was zu tun war! Sie löschte Emilias Druckerhistorie und Browser-Verlauf. Dann griff sie nach dem Ausdruck aus dem TKKG-Buch und ging auf die Toilette. Dort zerriss sie das Papier und warf die Schnipsel ins Klo. Immer würde sie sich an das Geräusch der Toilettenspülung erinnern.

Auf Abwegen

Linda Knauer (Frankfurt)

Matthias wischte sich die Hände an der Hose ab. „Was für eine Plackerei", beschwerte er sich bei seinem Bruder. Mark stand bis zu den Knien in der Grube und schaufelte ächzend dunkle Erdbrocken zur Seite. „Fast geschafft", meinte er, „gleich ist das Loch tief genug." Matthias grunzte zustimmend, nahm seinen Spaten wieder in die Hand und glitt beim nächsten Stich mit einem lauten „Pling" an einer Baumwurzel ab. „Verdammt", fluchte er, „jetzt habe ich mir einen Splitter in die Hand gezogen." Genervt stieg er aus der Grube. Der Splitter saß tief, den würde er zu Hause entfernen müssen. „Mir reicht's. Das war eine blöde Idee, mit Martin hierher zu kommen." „Jetzt motz' mal nicht so rum", gab Mark zurück. „Ich grab' weiter, geh' du zum Wagen und hol' die letzten Beutel." Grummelnd zog Matthias ab. Der Wald, der die Grube umgab, war dicht und dunkel. Nur ein schmaler Wildwechsel führte zur Lichtung. „Hierhin verirrt sich so schnell niemand", dachte Matthias auf dem Weg zum Wagen. Gut, dass seine Brüder und er als Kinder oft in den Wäldern des Mossautals unterwegs gewesen waren; die Gegend kannten sie wie ihre Westentasche. Am Auto angekommen, holte er die letzten drei Beutel aus dem Kofferraum. Er versicherte sich, dass ihn niemand beobachtete und machte sich auf den Rückweg. Hoffentlich würde sich die Aktion am Ende auszahlen. Leicht gefallen war ihm das Ganze nicht, aber alles Reden hatte nichts geholfen. Langsam näherte er sich der Lichtung, die sie für Martin ausgewählt hatten. Schön war die Ecke, die Vögel zwitscherten ihr Morgenlied und die ersten Strahlen der Sonne erreichten inzwischen den Waldboden. Das hätte ihm gefallen. Aber was war das? Da schlich jemand in einer orangefarbenen Windjacke durch den Wald und zwar verdächtig nah an der Lichtung, an der Mark auf ihn wartete. Ein Zaungast war nun wirklich das letzte, was sie gebrauchen konnten. Vorsichtig setzte Matthias die Beutel ab und ergriff einen schweren Ast. Dann schlich er näher und holte zum Schlag aus.

Julia zog die Schnürsenkel ihrer Wanderschuhe fest, dann überprüfte sie, ob ihre Arbeitsutensilien für den Tag griffbereit in ihrer Umhängetasche lagen. Eine Wanderkarte, Hammer und Nägel, Schilder und eine Schablone mit einer „2", der Kennnummer des Mossautaler Wanderwegs Fafnir. Eine Sprühdose sowie eine Heckenschere, sollte der Weg stellenweise zugewuchert sein – alles da, es konnte losgehen! Julia hielt ihr Gesicht in die ersten Sonnenstrahlen, die sich über den Mossautaler Hügeln zeigten. Es war ihr erster Einsatz im Ehrenamt als Wegemarkiererin für den Odenwaldklub und besseres Wetter hätte sie sich nicht wünschen können. Etwas kühl war es um diese Uhrzeit, daher hatte sie ihre neue Windjacke übergezogen. Sie war extra früh losgegangen, um den Wald für sich alleine zu haben. Schließlich hatte sie sich das Ehrenamt als Ausgleich zu ihrem stressigen Job ausgesucht. Als Lehrerin war sie meist drinnen und von lautstarken Kindern umgeben; umso mehr genoss sie die Ruhe und Einsamkeit im Wald. Dazu noch Bewegung und frische Luft – herrlich! Der Wanderweg Fafnir, den sie heute überprüfen sollte, war einer der beliebten Drachenwege im Mossautal. Es könne sein, dass die Frühjahrsstürme Spuren hinterlassen hätten, hatte Rainer, der Vorsitzende des Odenwaldklubs, erklärt. Daher solle sie den Weg auf Schäden prüfen und gleichzeitig nachschauen, ob zusätzliche Sprühzeichen zur Orientierung angebracht werden müssten. Das machte Julia gerne.
Der erste Teil des Weges führte durch lichten Wald, dem das Morgenlicht einen warmen Schimmer verlieh. Julia fand alle Markierungen mühelos, schnitt hier und da herabwuchernde Zweige von den Büschen oder zog größere Äste vom Weg. Nach etwa zwei Kilometern stieß sie auf einen kleinen Pfad, der links von der Wanderroute abzweigte. Ob sie hier besser eine Markierung setzte, damit niemand falsch abbog? Sie zog Schablone und Sprühdose aus der Tasche. Doch plötzlich kamen ihr Zweifel: War der nach rechts abzweigende Weg wirklich der richtige? Sie beschloss, dem anderen Weg ein paar Meter zu folgen, um sicherzugehen. Die Sprühdose steckte sie in ihre Jackentasche, bevor sie in die andere Richtung abbog. Schnell wurde ihr klar: Das konnte nicht der Wanderweg sein.

Schön war es hier, aber da sie den Großteil ihrer Arbeit noch vor sich hatte, beschloss sie, umzukehren. Doch was war das? In der Stille des Waldes, erklangen rhythmische Geräusche, ein Stoßen und Schaben. Eine Schaufel? Julia spürte, wie ihr Zornesröte ins Gesicht stieg. Sollte da jemand Müll im Wald vergraben, konnte der sich auf etwas gefasst machen! Immer wieder hörte man davon, dass Autoreifen, Elektroschrott und vieles mehr im Wald gefunden wurde. Entschlossen stapfte sie in Richtung der Geräusche und gelangte an den Rand einer Lichtung. Vorsichtig spähte sie durch die Zweige eines Wacholderbusches. Etwa zehn Meter entfernt stand ein Mann in einer hüfthohen Grube und schaufelte Erde, was das Zeug hielt. Daneben lagen einige Plastiksäcke. So eine Sauerei! Julia stockte der Atem, als sie den Inhalt erkannte. Das war doch ein menschlicher Fuß, der aus dem Müllsack herausragte! Ihr wurde schlagartig übel. Alleine konnte sie hier nichts ausrichten; sie musste Rainer vom Odenwaldklub anrufen oder besser direkt die Polizei. Doch bevor sie den Gedanken in die Tat umsetzen konnte, hörte sie ein Rascheln hinter sich. Ein schwerer Schlag traf sie am Hinterkopf. Der Wald verschwamm vor ihren Augen und sie wurde bewusstlos.

–

Julia erwachte zum dröhnenden Geräusch eines Motors. Ihr Kopf hämmerte und sie spürte getrocknetes Blut an der Schläfe. Stöhnend versuchte sie, ihre Gedanken zu ordnen. Jemand musste sie niedergeschlagen haben und jetzt lag sie in einem Kofferraum – das bedeutete nichts Gutes. Plötzlich stoppte der Wagen. Der Kofferraumdeckel öffnete sich und sie erkannte den Mann, den sie im Wald gesehen hatte. Unsanft zog er sie aus dem Wagen. Am Garagentor stand ein weiterer Mann, der dem ersten recht ähnlich sah. Mit einem traurigen Blick schaute er sie an. „Tut mir leid, dass es so gekommen ist", sagte er. „Ich hoffe, ich habe dir nicht wehgetan. Aber was musstest du auch im Wald herum schnüffeln?" Bevor Julia antworten konnte, schleifte der erste Mann sie in eine angrenzende Halle. Als sie sich umsah, wurde ihr schlecht. Ein Bolzenschussgerät, große Fleischsägen, Ablaufschächte am Boden – sie befand sich in einer Schlachthalle und ihr schwante Böses. „Bitte, tut das nicht", flehte sie und versuchte sich loszureißen. „Ich sage niemandem, was ich gesehen habe." „Dafür ist es zu spät", grummelte der Mann und zerrte sie zu einem Haken, der von der Decke baumelte. Daran wurden die toten Tiere zum Ausbluten gehängt, das wusste Julia. Fieberhaft überlegte sie, wie sie sich befreien konnte. In ihrer Tasche spürte sie die Sprühdose, mit der sie die Abzweigung im Wald markieren wollte. Wenn es ihr gelänge, dem Mann etwas davon in die Augen zu sprühen ... Unauffällig griff Julia in ihre Tasche. Als ihr Entführer mit einer Hand nach dem Haken griff, witterte sie ihre Chance. Schnell zog sie die Farbdose hervor und sprühte dem Mann direkt ins Gesicht. Der schrie auf und versuchte, seine Augen mit beiden Händen zu schützen. „Matthias", brüllte er, „Hilfe!" Julia rannte los. Sie sah ein großes Tor und hielt darauf zu, schlug auf einen großen roten Knopf an der Wand, und zu ihrer Erleichterung setzte sich das Tor in Bewegung. Keine Sekunde zu früh, denn aus der Garage stürmte Matthias. Mit pochendem Kopf schlüpfte Julia hinaus und rannte um ihr Leben.

-

Odenwälder Zeitung, 12. Mai 2023
Junge Frau deckt beim Wegemarkieren Mord auf
So hatte sich Julia B. ihr neues Ehrenamt nicht vorgestellt: Beim Wegemarkieren für den Odenwaldklub im Mossautal deckte sie unverhofft einen Mord auf - und entkam den Tätern nur knapp. Aufgrund eines Erbschaftsstreits um den Familienhof mit Schlachtanlage hatten Mark und Matthias G. ihren ältesten Bruder Martin umgebracht und dessen zerstückelte Leiche im Wald vergraben. Hierbei wurden sie von Julia B. entdeckt, die beim Wegemarkieren vom Weg abgekommen war. Bevor die 29-Jährige die Polizei rufen konnte, wurde sie von Matthias G. niedergeschlagen und auf den Hof verschleppt, wo die Brüder sie endgültig zum Schweigen bringen wollten. Mit Hilfe einer Überraschungsattacke mit einer Sprühdose gelang der Lehrerin jedoch die Flucht. Die alarmierte Polizei konnte die tatverdächtigen Brüder kurze Zeit darauf festnehmen. Aktuell wird das Waldstück nahe des Mossautaler Wanderwegs Fafnir von der Polizei untersucht. Die sterblichen Überreste des Martin G. konnten bereits sichergestellt werden. Julia B. ist mit einem Schock davongekommen und bestätigte auf Nachfrage der Redaktion, dass sie ihre ehrenamtliche Tätigkeit für den Odenwaldklub trotz aller Schrecken weiterführen wird.

Das Zünglein an der Waage

Kirsten Krämer (Reichelsheim/Odenwald)

Dröhnende Kopfschmerzen. Eiseskälte. Augenflattern. Finsternis.

Freya versuchte, sich zu bewegen, was sofort mit Schmerzen quittiert wurde. Ihre Arme waren taub. Sie blinzelte und konnte durch das Vollmondlicht allmählich ihre Umgebung erahnen. Sie war in einem Wald. Jetzt spürte sie den kalten, laubbedeckten Waldboden unter sich und die kratzige Rinde eines Baums im Rücken. Ihre Arme waren um den Baum gefesselt und die Beine an den Fußgelenken mit Panzertape fixiert.

Freya geriet in Panik. „Hilfe! Kann mich jemand hören? Hilfe!"

Sie zerrte an den Fesseln, wodurch zumindest wieder Gefühl in ihre Arme kam. Sie schrie weiter und strampelte, bis sie bemerkte, dass dies ein vergebliches Unterfangen war: Sie war allein im Wald. Niemand würde sie hören. Plötzlich wurde die Stille durch die Titelmelodie des Films Pulp Fiction durchbrochen – das war doch ihr Handy!

*

„Freya, wo steckst du nur?" Janus hatte nun bestimmt schon zehn Mal ihre Nummer gewählt, aber es sprang immer nur die Mailbox an.

Er stand vor der Reichenberghalle, in der in 15 Minuten das Reichelsheimer Gemeindeparlament tagen würde. Hier herrschte ein reges Treiben. Die Vorbereitungen der Märchen- und Sagentage waren in vollem Gange. Etliche Gewandete hatten ihre Zelte bereits aufgeschlagen, Buden wurden trotz der schon seit einer Stunde herrschenden Dunkelheit fertig aufgebaut oder eingerichtet.

Die heutige Sitzung war extrem wichtig für die Zukunft des Gerspenztals und damit auch für Reichelsheim. Als letzter Tagesordnungspunkt stand die Entscheidung über eine Fusion der drei Gemeinden Brensbach, Reichelsheim und Fränkisch-Crumbach an. Die Positionen der einzelnen Fraktionen waren klar. In welche Richtung sich die Kommune weiterentwickeln würde, hing am Ende von einer einzelnen Stimme ab. Und diese gehörte Freya.

*

Ihr Handy war verstummt. Freya atmete tief ein und aus, um sich zu sammeln. Wo war sie? Und wie war sie hierhergekommen? Ihre Augen hatten sich an das Dämmerlicht gewöhnt und sie suchte die Umgebung nach Anhaltspunkten ab. Ein paar Meter entfernt sah sie die Umrisse eines unregelmäßigen Gebäudes. War das ein Turm? Daneben eine Treppe, die an einem Mauerdurchgang endete. Die Erkenntnis kam schlagartig: Sie war an der Ruine Rodenstein. Das Hofgut war weniger als hundert Meter entfernt. Warum hörte sie denn niemand?

„Hallo? Hilfe! Ich bin hier, am Mühlturm. Hilfe!"

*

Janus rutschte unruhig auf seinem Stuhl herum. Seine Fraktionsmitglieder warfen ihm fragende Blicke zu. Wo war Freya, verdammt? Sie war doch sonst die Zuverlässigkeit in Person. Die Vorsitzende der Gemeindevertretung eröffnete die Sitzung. Janus meldete sich zu Wort. Er schwitzte. „Frau Vorsitzende, die Kollegin Trautmann ist aktuell noch verhindert, sie kommt aber demnächst."

„Danke für die Information, Herr Fornoff. Dann hoffen wir mal, dass sie bald da sein wird", erwiderte Bellatrix Hartmann und rief den ersten Tagesordnungspunkt auf.

*

Nichts rührte sich. Die dicken Mauern der Ruine schluckten ihre Rufe. In weiter Ferne bellte ein Hund. Freya war auf sich allein gestellt. Wie spät mochte es sein? Siedend heiß fiel ihr die Sitzung um 20 Uhr ein.

„Oh Gott, ich muss da hin! Unbedingt!"

Sie zog die Beine an und stemmte sich mit dem Rücken gegen den Baumstamm. Das verhasste Bauchmuskeltraining zahlte sich jetzt aus: Langsam, aber stetig kam sie weiter nach oben. Hochschieben, Füße anziehen, Knie durchdrücken, weiter hochschieben. Sie musste kurz pausieren, da ihr die Kopfschmerzen gepaart mit der Anstrengung Übelkeit verursachten. Schließlich stand sie.

*

„Kommen wir nun zum Tagesordnungspunkt drei der heutigen Sitzung: Beratung und Beschlussfassung über die Erstellung einer Starkregengefahrenkarte für die Gemeinde Reichelsheim", leitete Bellatrix Hartmann die nächste Diskussionsrunde ein und nestelte dabei an der Manschette ihres Blusenärmels. Kurz verzog sie schmerzhaft das Gesicht, bevor sie dem Antragsteller das Wort erteilte.

Janus hoffte, dass es zu diesem Punkt viele und lange Redebeiträge geben würde. Man war sich grundsätzlich einig, nur nicht über das Budget. Jede Fraktion wollte natürlich eine ausführliche Stellungnahme dazu abgeben. Janus überschlug, dass der letzte Tagesordnungspunkt im besten Fall in etwa einer Stunde aufgerufen werden würde. Die Zeit wurde knapp. Er murmelte seinem Stellvertreter zu: „Ich geh' nochmal kurz raus und versuche, Freya auf dem Handy zu erreichen. Ich weiß nicht, wo ich noch nach ihr fragen soll. Sie ist wie vom Erdboden verschluckt."

Hastig sprang er auf, nickte der Vorsitzenden entschuldigend zu und eilte, das Handy schon am Ohr, aus dem Saal. Manche sahen ihm irritiert oder kopfschüttelnd nach. Was war das denn heute für ein Verhalten des sonst so ausgeglichenen und ruhigen Fornoff?

*

Ihr Handy klingelte erneut. Sicher versuchte Janus, sie zu erreichen. Freya konnte das Smartphone nicht sehen, erahnte aber, dass es in dem Brennesselbewuchs liegen musste. Wer auch immer sie hierher verschleppt hatte, hatte nicht bemerkt, dass es ihr aus der Jackentasche gefallen war.

Freya versuchte, die Fesseln durch auf und ab Bewegungen an der Baumrinde zu durchtrennen. Inzwischen brannten ihre Oberschenkel, aber es tat sich nichts.

„Hilfe! Bitte, ich brauche Hilfe! So hilf mir doch jemand!" schrie sie aus Leibeskräften.

Was, wenn sie niemand finden würde? Die Nächte waren bereits empfindlich kalt. Die nächsten Walker oder Läufer kämen hier erst morgen Vormittag vorbei.

Ein lautes Knacken riss Freya aus ihrer Panik.

*

„Und somit können wir zum künftigen Schutz unserer Bürgerinnen und Bürger der Erstellung einer Starkregengefahrenkarte nur zustimmen", schloss Janus seine beinahe 10-minütige Rede.

„Danke, Herr Fornoff. Gibt es noch Wortmeldungen zu dem Punkt? Das ist nicht der Fall. Dann kommen wir zur Abstimmung", ergriff die Vorsitzende wieder das Wort. „Wer der Beschlussvorlage in der vorliegenden Form zustimmen kann, den bitte ich um Handzeichen."

*

Freya rief in Richtung des Geräuschs so laut sie konnte um Hilfe. Plötzlich tauchten in der Ferne Lichtpunkte auf, die näher kamen.

„Wer rufet da?", hörte Freya eine Frauenstimme.

„Ich! Freya Trautmann! Ich bin hier unten gefesselt und muss schnellstmöglich in die Reichenberghalle. Bitte helfen Sie mir!"

Sie erkannte zunächst zwei Laternen und dann zwei Frauen in mittelalterlicher, eher abgerissener Kleidung. Was machten zwei Gewandete der Märchen- und Sagentage denn bitte um diese Zeit im Wald? Egal, Freya war unendlich erleichtert.

„Bitte, machen Sie mich los."

„Seid gegrüßt, wertes Fräulein. Wer hat Euch in solch missliche Lage gebracht?", fragte eine der Frauen und zog ein grobes Messer aus einer Lederscheide, die an ihrem Gürtel befestigt war.

„Das wüsste ich auch gern. Bitte schnell, ich muss zu einem sehr wichtigen Termin."

Die Frau trat hinter sie und schnitt die Fessel durch. Freya seufzte erleichtert und rieb sich die wunden Handgelenke. Die zweite Frau mit verfilzten Haaren lächelte ihr aufmunternd zu, während die andere die Fußfessel durchschnitt. Dabei präsentierte sie eine Zahnlücke.

Perfektes Kostüm schoss es Freya durch den Kopf, dann sagte sie: „Könnten Sie bitte dort drüben mal leuchten? Irgendwo muss mein Handy liegen."

*

„Damit kommen wir zum letzten Tagesordnungspunkt. Es geht um nichts weniger als die mögliche Fusion der Kommunen im Gerspenztal", eröffnete Bellatrix Hartmann das wichtigste Thema des Abends.

In diesem Moment vibrierte Janus' Handy auf dem Tisch. Es war Freya! Er murmelte eine Entschuldigung und eilte vor die Tür des Kultursaals.

„Freya, wo zur Hölle steckst Du?!"

„Später", antwortete Freya hastig. „Ich hoffe, Ihr habt noch nicht über die Fusion entschieden? Hol mich hier ab, schnell! Ich bin zu Fuß auf dem Weg vom Hofgut Rodenstein Richtung Eberbach. Ich bin leicht verletzt und komme nicht gut voran."

„Bin so gut wie unterwegs."

Janus hechtete zurück zu seinem Platz und erntete erneut irritierte Blicke. Er meldete sich zu Wort, das Bellatrix Hartmann ihm erteilte.

„Frau Vorsitzende, ich beantrage eine Sitzungsunterbrechung von 15 Minuten. Es gibt unerwartete Erkenntnisse zu diesem Punkt."

„Stattgegeben", erwiderte Bellatrix Hartmann nach einer kurzen Bedenkpause seufzend.

∗

Die Gestalt zog die Kapuze über den Kopf und verließ mit großen Schritten die Reichenberghalle. Der weite Mantel umwehte sie. Wut war die dominierende Emotion, als sie sich den Weg durch die Gewandeten bahnte. Die Kratzspuren am rechten Unterarm brannten. Freya hatte sich heftig gewehrt, bevor das Chloroform wirkte. Wie war es dieser Trautmann nur gelungen zu fliehen? Der Plan war perfekt gewesen. Diese Niederlage inakzeptabel.

Es blieben noch zwei Versuche, die Fusion zu verhindern. Die Entscheidungen der Gemeindevertretungen in Fränkisch-Crumbach und Brensbach standen noch aus. Ein neuer Plan musste her. Diese Fusion durfte nicht stattfinden. Niemals!

Die Gestalt verschwand in der Bäckergasse Richtung Rathaus im aufziehenden Nebel.

Zwölfeinhalb Minuten

Heike Kroll (Breuberg)
Preisträgerin

Lauthals grölend lasse ich meinen Autoschlüssel auf die Kommode im Hausgang fallen. Ich liebe diese alten Bon-Jovi-Stücke, die haben mich schon während meiner Sturm- und Drangzeit durch alle Lebenslagen begleitet. „I'd Die …" Als ich zum zweiten Teil des Refrains ansetze, beschließt mein Smartphone, dass ich sein warnendes Tut-tut-tut einmal zu oft ignoriert habe und geht aus. Ohne Jon Bon Jovis Hilfe bin ich textmäßig leider aufgeschmissen und muss die Darbietung beenden. Ich pflücke meine Earpods von den Ohren, stecke sie in ihr Ladecase und hänge mein Smartphone an den Stromtropf. Flugs noch die Jacke an der Garderobe drapiert und die Sneakers abgestreift - dem Feierabend steht nichts mehr im Wege!

Nach einem kurzen Zwischenstopp am Kühlschrank lasse ich mich in meinen Fernsehsessel im Wohnzimmer fallen. Ich öffne mein Bier und freue mich wie ein kleines Kind, dass der Verschluss laut ploppt. Der heutige Tag war einfach wunderschön. Sonnig, strahlend blauer Himmel, nur ein paar klitzekleine weiße Wölkchen. Ganz anders als die ganze letzte Woche: Regen, Sturm und eine Unwetterwarnung nach der nächsten. Der Herbst kommt Ende September in großen Schritten näher, schon klar. Aber kann er das nicht leise tun? Als ich mit der freien Linken nach der Fernbedienung taste, verschwindet draußen das letzte Fitzelchen Sonne hinter den Hügeln. Ich stelle mir vor, wie sie dort hinten in die Mümling eintaucht und das Wasser zu weiß-grauem Nebel verdampft, der sich über das Tal legt. Bescheuert? Vielleicht. Aber hey, so bin ich eben.

Die Programmvorschau offeriert mir eine reichhaltige Auswahl an Krimi, Krimi und Krimi. Oder darf es etwas True Crime sein? Dass mir der Sinn nach etwas Fröhlichem steht, interessiert die Senderverantwortlichen nicht im Geringsten, deswegen bedenke ich das heutige Fernsehprogramm mit einem virtuellen Mittelfinger und stöbere gedanklich durch meine Blu-ray-Sammlung. Ein Klingeln an der Haustür bringt mich kurz aus dem Konzept. Boah, Gerda! Bestimmt hat meine Nachbarin sich wieder ausgesperrt und braucht ihren Ersatzschlüssel. Einmal im Monat schafft sie das immer. Ich schlurfe zur Tür und freue mich insgeheim bereits auf ein paar alte Futurama-Folgen. Aber es ist nicht Gerda. Anstatt in das immer fröhliche Runzelgesicht meiner Nachbarin glotze ich auf eine Gestalt in dunkler Jeans und schwarzem Hoodie, die Kapuze desselben soweit über den Kopf gezogen, das nicht einmal die Nasenspitze im zugegebenermaßen spärlichen Licht der Straßenbeleuchtung zu sehen ist. „Tobias Lobenstein?"

Ich nicke. „Was ist denn los?"

Statt einer Antwort zieht mein Gegenüber eine Pistole aus der Beuteltasche. „Alles zu seiner Zeit. Wenn du schreist, bist du tot."

Ich starre auf den silbrig schimmernden Lauf. Denken kann ich grad nicht. Reden auch nicht. Nur starren.

„Wo ist dein Auto?", fragt der Hoodie. Es dauert einen Moment, bis die Frage ihren Weg von meinen Gehörgängen ins Hirn gefunden hat. Noch länger, bis ich reagiere.

„Da drüben", will ich sagen, aber meine Stimme versagt. Deswegen zeige ich auf die Buchsbaumhecke, die mein Grundstück zur Straße hin abtrennt.

„Schlüssel?"

Mein Mund klappt ein paar Mal auf und zu, aber es kommt noch immer kein Ton heraus. Ich deute hinter mich auf die Kommode. Langsam fängt mein Hirn wieder an zu arbeiten und ich beginne am ganzen Körper zu zittern. Der Mann - ich bin mir sicher, dass es einer ist - kommt auf mich zu und ich weiche ein paar Schritte zurück. Dabei stolpere ich über meine Sneakers und verliere beinahe das Gleichgewicht.

„Schuhe anziehen", befiehlt er, die Waffe noch immer auf meinen Bauch gerichtet. Ich traue mich nicht, ihm ins Gesicht zu schauen. Vermutlich würde ich sowieso nichts erkennen. Der Flur ist dunkel, das Wohnzimmer auch. Nur der Fernseher spendet Licht, aber das reicht nicht, um Einzelheiten wahrzunehmen. Ich bücke mich, schlüpfe in meine Sneakers. Meine Hände beben als hätte ich Schüttelfrost, ich kriege die Schnürsenkel nicht zu. Einatmen, ausatmen. Beim vierten Anlauf klappt es.

„Bitte, nehmen Sie mein Auto, das ist der einzige Wertgegenstand, den ich besitze." Das war nicht gelogen. Mein roter Range Rover Sport ist mein Ein und Alles, viele Jahre habe ich darauf gespart.

Er greift sich den Autoschlüssel und dirigiert mich zur Tür hinaus. „Ich brauche euch beide. Keinen Mucks."

Ein Örtchen wie Rimhorn hat viele Vorteile, wenn man Ruhe und Abgeschiedenheit mag. Der einzige Nachteil dabei ist, dass dort nach Einbruch der Dunkelheit, wie wir Odenwälder zu sagen pflegen, „die Randsteine hochgeklappt" werden. Deshalb erreichen wir das Auto, ohne jemandem zu begegnen. Keine Zeugen. Hoodie schickt mich auf die Fahrerseite.

„Wohin fahren wir?" Ich verstehe das alles nicht. Was will er von mir? Ich kenne die Stimme nicht, da bin ich mir sicher. Warum also ich?

„Zur Hauptstraße, dann Richtung Sportplatz."

Hoodie scheint sich auszukennen. Ob er einheimisch ist, wage ich nicht zu beurteilen, schließlich sprechen inzwischen fast alle jungen Leute dialektfrei. Ich blinke und biege nach links in die Mühlhäuser Straße ab. Niemand ist unterwegs, selbst die Gassigeher scheinen schon ihre Runden beendet zu haben. Für einen Moment überlege ich, auf der kleinen Rampe, die die Straße aus dem Ort hinaus bildet, Gas zu geben und meinen Sitznachbarn vielleicht so bei der Landung zu entwaffnen, aber ich traue mich nicht. Dabei sieht das in Filmen so einfach aus.

„Langsamer. Hier kannst du links reinfahren."

Wir sind an der oberen Kurve beim Sportplatz angekommen. Dort gibt es eine kleine Parkmöglichkeit, die oft von den Rimhorner Fußballern genutzt wird. Rechts unten liegt der Sportplatz, die Straße läuft kerzengerade daran vorbei. Ich stehe entgegen der Fahrtrichtung und blicke hinunter zur Abzweigung nach Breitenbrunn. Irgendwo mittendrin leuchtet es rot.

Keine Rückfahrscheinwerfer, viel kleiner. Zahlreicher. Bestimmt zehn kleine rote Punkte. Totenkerzen.

„Schalte den Motor ab, wir sind da. Weißt du, warum ich dich hergebracht habe?"

Ich schlucke. Schlucke nochmal. „Wegen des Unfalls?" Der Sturm. Vorgestern. Überall umgefallene Bäume und heruntergefallene Äste. Nichts ging mehr, die Straße war dicht. Eine Fichte hatte das Auto einer jungen Frau unter sich begraben. Die Feuerwehr hatte alles versucht, konnte sie aber nicht mehr retten.

„Wegen … des Unfalls?" Hoodie scheint ernsthaft erstaunt zu sein. „Den Unfall konnte niemand vorhersehen. Das Unwetter. Lea war zur falschen Zeit am falschen Ort."

Lea hieß sie also. In der Zeitung gestern sprach man nur von „einer zwanzigjährigen Frau aus Breuberg".

„Hände ans Lenkrad." Die Waffe wackelt kein bisschen, obwohl er sie schon eine gefühlte Ewigkeit auf mich richtet. Ich tue, was er verlangt, ich bin nicht lebensmüde. Wenn es eine Chance gibt, aus dieser Situation zu entkommen, vergeige ich sie nicht durch Missachtung eindeutiger Anweisungen. Mit der freien Hand fädelt er Kabelbinder um meine Handgelenke und fixiert sie so am Lenkrad. Er stellt sich ziemlich geschickt an, braucht aber trotzdem ein paar Versuche. Dann legt er die Pistole zur Seite und streift die Kapuze zurück.

Ich kann gar nicht in Worte fassen, was alles von mir abfällt. Hoffentlich muss ich nie, nie, nie, nie, nie mehr in den Lauf einer Waffe schauen. Ich fange an zu heulen. Um mir die Augen auszuwischen, muss ich mit dem Kopf zum Lenkrad. Dabei sehe ich in sein Gesicht. Er starrt mich an. Wortlos.

Ich kenne ihn nicht. Obwohl er mir vage bekannt vorkommt, aber vermutlich sieht er nur jemandem ähnlich.

„Nein, der Unfall war einfach Pech", nimmt er den Faden von vorhin wieder auf. „Aber, dass weder Feuerwehr noch Rettungswagen rechtzeitig an der Unfallstelle sein konnten, weil irgendein Idiot nicht in seinem Wagen saß und somit keine Rettungsgasse gebildet werden konnte, das war kein Pech."

Er wird immer lauter, je länger er spricht. „Ein Idiot mit einem idiotischen roten Range Rover Sport, der nichts Besseres zu tun hatte, als zu Fuß bis vor zum Unfallort zu laufen, ein Video zu drehen und das sofort online zu stellen."

Mir wird schlecht. „Ich bin doch sofort zurückgelaufen, als ich das Feuerwehrauto gesehen habe", versuche ich eine Verteidigung. Es klingt sogar in meinen Ohren lahm.

„Wir haben zwölfeinhalb Minuten gebraucht, um deinen roten Betonklotz aus dem Weg zu hieven. Zwölfeinhalb."

Wir? Ich sehe ihn an. Und auf einmal weiß ich auch, warum mir das Gesicht bekannt vorkommt. Er war einer der Feuerwehrleute.

„Meine Schwester starb nicht durch den Baum, sondern durch einen Splitter aus dem Armaturenbrett, der in ihrer Halsschlagader steckte. Einen Splitter wie diesen hier." Er hält mir ein Stück Plastik entgegen. Es sieht beinahe aus wie eine Messerklinge. Ich weiche zurück, bis mich die Kopfstütze stoppt. Ich zerre an den Kabelbindern, sie schneiden mir in die Handgelenke. Ich merke es nicht. „Bitte, lass mich. Es war doch keine Absicht!" Ich schreie, flehe, weine. Und spüre den Splitter an meinem Hals.

Eingeschlossen

Andreas Lehmann (Leipzig)

Erzählt jedenfalls wird es so: dass sie damals schon geschworen hat, den Menschen umzubringen, der ihr einmal ihren Mann wegnehmen wird. Wer ihr das Herz aus dem Leib reißt, dem sticht sie ein Messer in seins.

Alles, was ich weiß von der Geschichte, hat Malik mir berichtet. Er lebt auch allein, wir sind Nachbarn, und ab und zu gehe ich zu ihm rüber und bringe ein paar Bier mit – für mich jedenfalls, er kocht sich meistens Tee und stellt auch mir ein Glas davon hin, dem ich dann beim Kaltwerden zusehe, während ich gemächlich meine Flaschen austrinke. Das Leergut überlasse ich ihm. „Ich bin doch kein Pfand-Raiser", hat er mal gesagt, und wir haben beide gelacht. Ich bin mir nie ganz sicher, ob diese Sätze Absicht sind oder ihm einfach unterlaufen.

Er hebt sein Teeglas, als wolle er eine Rede halten, und sagt: „Auf die Liebe, okay?"

Ich trinke mit ihm, selbst wenn ich das etwas schwülstig finde oder unheimlich. Aber die Liebe ist auch nicht eben mein Spezialgebiet, das muss ich gestehen. Bei Malik weiß ich es nicht: Allein lebt er schon lange, aber er hat hin und wieder Besuch oder bleibt für zwei, drei Nächte fort, und er sieht immer aus wie frisch lackiert. Auch riechen tut er gut, was ich ihm natürlich nicht sage. Als er anfing, bei der Tafel zu arbeiten – er kriegt kein Geld dafür, aber er ist oft dort, legt sich richtig ins Zeug –, da dachte ich, er würde diesen … naja, eben diesen Geruch mit heimbringen: nach Armut und schlechtem Leben, nach leeren Konten und zu viel leerer Zeit, die die Leute mehr runterbringt als schwere Arbeit. Doch er ist ganz derselbe geblieben, bloß die Geschichten haben sich verändert. Was er erzählt, das riecht und schmeckt intensiver, und selbst die grauen Passagen wirken irgendwie farbenstark.

Von der Frau und dem Mann hat er viel gesprochen, die beiden haben ihn sofort beschäftigt. Sie lebten erst seit kurzem hier bei uns, kamen aber beide nicht besser klar als dort, wo sie hergekommen waren. Kein brauchbarer Job, keine Kohle, keine Freunde wahrscheinlich. „Ausgerechnet hier", hat Malik gesagt, „das ist doch crazy, oder? Mann, das ist nicht Mekka, sondern Michelstadt!"

„Ja, zum Glück", hätte ich beinahe gesagt, aber ich hab es mir verkniffen. Und wie er gerade auf Mekka kam, hab ich auch erst kapiert, als er es mir erklärt hat: weil sie wie Pilger waren, beide, so erschienen sie ihm, und sie selbst waren die Ziele ihrer Reisen. Oder Wanderschaften, ich glaube, dieses Wort hat er verwendet. „Er kam vom Nordpol, sie vom Südpol, beide aus der krassen Kälte, nur um hier bei uns aufeinander-zustoßen." Das mit den Polen hat er bildlich gemeint, er spricht manchmal so.

Malik hat kaum mit ihnen geredet, aber er hat sie beobachtet. Und zugehört, was sie zu anderen gesagt haben, einzeln zumeist. Sie kannten sich schon seit der Kindheit und haben sich, da war er sich sicher, ihr ganzes Leben lang geliebt. „Erst wenn man das fehlende Puzzleteil trifft, merkt man, wie halbiert man durch die Welt läuft", hat er gesagt: „Wie schrecklich halbiert!" Mir war nicht klar, ob er von den beiden sprach oder von sich selbst oder ganz allgemein von den Menschen. Ob es seine eigenen Sätze waren oder welche, die er aufgeschnappt hat – bei der Essensausgabe, beim Kochen vorher oder hinterher beim Ab- und Aufräumen. Er kann gut kochen, davon hab ich selbst schon profitiert, und hilfsbereit ist er sowieso. Fast so eine Art Helfersyndrom.

„Ich muss dir ein Geständnis machen", sagt er nun und behält sein Teeglas in der Hand.

Ich habe den letzten Schluck Bier noch im Mund, kriege ihn nicht runter vor Schreck. Was auch immer da jetzt kommt, ich will es eigentlich nicht hören. Entweder es hat nichts mit mir zu tun – oder, was noch schlimmer wäre, es hat zu viel mit mir zu tun. Ich schlucke, sage: „Sorry", und gehe schnell aufs Klo, obwohl ich gar nicht muss. Ich schließe die Tür ab und atme erstmal durch.

Seit er die beiden regelmäßig in der Tafel sah, war die Liebe sein großes Thema. Denn es war *ihr* großes Thema: obwohl (oder weil) sie sich immer verpasst hatten. Sandkastenfreunde, Jugendliebe, zaghaft wohl noch, und dann führten ihre Leben sie auseinander, aber ständig blieben sie aufeinander bezogen. Es waren nur Bruchstücke von Geschichten, für mich setzten sie sich nicht zu etwas Verständlichem zusammen, aber für Malik ergab das alles Sinn. „Für jeden Menschen gibt es die eine große Liebe", hat er gesagt, „aber die meisten verpassen oder verlieren ihre." Und darunter scheint er richtig zu leiden. Bei den beiden nun, das hab ich nach und nach begriffen, hatte er das Gefühl, er könnte etwas reparieren. Ganz grundsätzlich wohl, wie eine riesige Aufladung des eigenen Karmakontos: die schmerzhaft getrennten Puzzleteile zusammenfügen, damit es auf der Welt eine Wunde weniger gibt. Damit etwas heil wird, an dem wir alle leiden. Er wollte ihre Wanderschaften zu einem guten Ende führen, denn von alleine schafften sie das nicht.

Ich ziehe die Spülung und lasse den Wasserhahn laufen. Ich habe immer noch Angst vor Maliks Geständnis, aber ich will zurück zu meinem Bier. Kurz schießt mir sogar der irre Gedanke durch den Kopf, dass er mir etwas in die Flasche träufelt, etwas Verbotenes. Die Hand auf der Klinke, weiß ich einen Moment lang nicht, was ich tun soll, um der Situation zu entkommen, da klopft es von außen. Schritte habe ich keine gehört.

„Ist alles okay bei dir?", fragt Malik.

Ich trete einen Schritt zurück und bemühe mich, ganz entspannt zu klingen. Aber ich höre selbst, dass etwas in meiner Stimme ist, das da nicht hingehört. „Bin gleich da", sage ich.

„Hey Mann, komm raus bitte, okay? Ich muss dir echt was sagen, ich halt das nicht mehr aus."

„Moment noch!", rufe ich, viel zu laut.

„Ich war's", sagt Malik. „Ich bin schuld an seinem Tod, verstehst du?" Gar nichts verstehe ich, aber seine Stimme ist ganz nah. Er scheint direkt an der Tür zu lehnen. „Ich hab das gleich gesehen", sagt, nein, flüstert er. „Die hatten Heimweh nacheinander."

Ich schleiche an die Tür, lehne auch meine Wange daran und lausche. Ich halte die Luft an. Diese ganze Sache mit Liebe und Beichte macht mich alle. Am besten kommen die Menschen miteinander aus, wenn sie nicht verraten, was sie denken. Was sie *wirklich* denken, meine ich, was sie im tiefsten und dunkelsten Innern von sich selbst und voneinander halten. Sich einfach in Ruhe lassen, denke ich, das rettet Leben. Das hat auch was mit Liebe zu tun.

„Ich wollte doch nur, dass sie sehen, was eh schon da ist", sagt Malik, „dass sie nicht mehr blind sind vor Sehnsucht. Dass sie sich wiedertreffen, hier beim Essenholen, am … am tiefsten Punkt, das kann doch kein Zufall sein, Mann!" Er redet furchtbar leise, aber in seiner Stimme ist die Kraft eines Schreis.

Ich weiß nicht, ob ich ihn wegstoßen oder umarmen möchte, deswegen lasse ich die Tür verschlossen. Aber ich atme wieder.

„Hör zu", sagt er, weniger aufgeregt jetzt, vielleicht hat er akzeptiert, dass er mir sein Geständnis nur hier, nur so machen kann – wie durch das Gitterfenster eines Beichtstuhls. „Schon hundert Mal waren die beiden zusammen. Oder fast zusammen, so gut wie. Und immer ging irgendwas schief, hat einer von beiden irgendeinen Mist gebaut. Oder das Schicksal, eigentlich hat das Schicksal Mist gebaut. Sie zusammengeführt und im letzten Moment irgendeinen Scheiß vom Zaun gebrochen. Es war, als ob …" Ich kann förmlich sein Gesicht vor mir sehen, während er nach den richtigen Wörtern sucht. „Als würde Gott in jede Hand ein Leben nehmen und beide aneinanderreiben. Einfach um zu sehen, welches als erstes verbrennt. Ich wollte ein Feuer löschen und habe eins entfacht."

Kurz fürchte ich, dass er anfängt zu weinen.

„Dass sie mal gesagt hat, sie sticht jeden ab, der ihr die Liebe wegnimmt, das … kann doch nur bedeuten, dass sie ohne ihn nicht leben kann, oder? Und da hab ich sie – ich hab sie beide eingesperrt, in der Küche, verstehst du? Ich hab sie beide da hingelockt, nur ein billiger Trick. Dann die Tür zu, und weg war ich. Diskret. Und am Morgen kam ich wieder, und ich dachte, sie würden mich zwar hassen, aber einander endlich lieben. Endlich haben, was sie immer schon brauchten. Aber stattdessen …"

Ich sehe es vor mir, ohne dass er fortfahren muss, habe es eh in der Zeitung gelesen. Das kleine Fenster zerbrochen, von innen zerschlagen oder aufgetreten. Und drinnen ein Toter mit einem Messer in der Lunge, in seinem eigenen Blut. Ein Messer, auf dessen Griff alle möglichen Fingerabdrücke waren – auch die von Malik, denke ich, das wird mir jetzt erst klar. Viele Hände, viele Mörder.

Er steht noch da draußen, direkt an der Tür, da bin ich mir sicher, obwohl ich seinen Atem nicht mehr höre. Ich schaue hinter mich, auf das kleine Fenster, Milchglas, durch das trübes Licht fällt. Ein bisschen wie gefangen stehe ich da, aber dann bewege ich mich und spreche in Richtung der verschlossenen Tür: „Ich komme jetzt raus!", rufe ich, panisch, euphorisch – und noch weiß ich nicht, ob ich Malik um den Hals fallen oder nach einer Waffe suchen werde.

Tatort: Sühnekreuz

Sarah Lutter (Oberhausen)

Stolz klappte Agnes Meier das Buch zu. Sie hatte schon mehrere Krimis von Agatha Christie gelesen und erkannte, dass ihr Gespür sie immer häufiger weit vor der letzten Seite auf die Spur des Mörders führte. Diese *Gabe*, wie sie es nannte, integrierte sich auch in ihren Alltag. Auffällig geparkte Autos, zwielichtige Gestalten fielen ihr auf: Sie notierte alles in einem kleinen Notizbuch, falls sie einmal befragt werden würde. Doch Verbrechen waren in Bad König – mitten im schönen Odenwald – nicht alltäglich und so kam ihr die ehrenamtliche Tätigkeit in der Bücherei gerade recht, um ihre Fähigkeiten zu perfektionieren. Schon von klein auf hatte sie nahezu täglich ganze Romane verschlungen. Doch ihre Eltern sahen im Beruf der Bibliothekarin keine Perspektive für sie, weswegen sie etwas Vernünftiges lernen sollte.

Der Wunsch, in einer Bücherei zu arbeiten, hatte sie nie losgelassen und so war das Ehrenamt in zweierlei Hinsicht ein Gewinn. Sie konnte ihrer Stadt etwas Gutes tun, da das Budget für Personal knapp war, und sie konnte ihre Leidenschaft ausleben. Auch wenn die Doppelbelastung durch Job und Ehrenamt sie zeitweilig an ihre körperlichen Grenzen brachte.

Die Bücherei über der Rentmeisterei umfasste neben Romanen und Biographien auch einen großen Bestand an Kriminalromanen und Heimatliteratur. Wenn sie nicht gerade zurückgegebene Bücher einsortierte, neue Ausweise herausgab, oder aber das Telefon schellte, durfte sie in ihrer wöchentlichen Anwesenheit selbst zum Buch greifen und lesen.

16.50 Uhr ab Paddington lag geschlossen auf dem Tisch, als sich die Tür öffnete und der Bürgermeister die Bücherei betrat.

„Sagen Sie, Frau Meier, können Sie sich an die Besucher der letzten Wochen erinnern?", fragte er.

Agnes nickte. „So viele Menschen kommen an einem Montagnachmittag nicht hierher. Der kleine Jonas liest sich für ein Schulprojekt seit drei Wochen durch die Lokalgeschichte.

Frau Müller bringt jede Woche ihre ausgeliehenen Bücher über die Odenwälder Sagenwelt zurück und nimmt dafür neue mit nach Hause. Herr Langenfeld lässt sich jede Woche beraten, welchen Krimi er als Nächstes lesen soll. Ich glaube, er kommt nur, um mit mir zu sprechen. Ansonsten kann ich mich an niemanden erinnern."

„Und der Fremde, der sich vor Wochen in das Hotel Büchner eingemietet hat? Er ist doch immer vor der Rentmeisterei hin und her gelaufen. Er war nie bei Ihnen?"

Agnes überlegte. Nein, ein Fremder wäre ihr aufgefallen. Oder vielleicht doch nicht? Da war doch dieser heruntergekommene Mann gewesen? Meinte der Bürgermeister ihn? Er wollte etwas über die Geschichte der Mordkreuze wissen und hatte sich ...

„Frau Meier?"

Der Bürgermeister schien auf einmal ungehalten.

„Warum so eilig?", entgegnete sie. „Ist etwas passiert?"

„Das Hotelzimmer ist leer, auf dem Bettlaken befindet sich Blut und unser *Gesetzeshüter* tritt auf der Stelle."

Während andere vor Schreck erstarrt wären, packte Agnes ihre Sachen und begab sich zum Hotel Büchner. Nie waren Informationen besser als aus erster Hand und was der Polizist ihr erzählen würde, blieb fraglich.

Die Rezeptionistin, selbst eine begeisterte Krimileserin, nahm sie in Empfang und flüsterte ihr zu, was sich abgespielt hatte: Am Morgen war das Hotelzimmer leer gewesen, aber der Koffer sei dort verblieben. Die Unterkunft sei vom Polizisten Ralf Schmidt schon untersucht worden, aber was Detektive von der Kombinationsgabe der Gesetzeshüter hielten, wüssten sie beide und sie zwinkerte Agnes zu. Den Fremden hatte sie am Freitag zuletzt während ihrer Schicht im Foyer gesehen. Er hatte sie nach Wanderrouten durch den Odenwald gefragt und sie hatte ihm den hauseigenen Flyer mit den schönsten Routen rund um Bad König gegeben.

Er wäre viel für sich geblieben und hätte nur ein- oder zweimal mit jemand anderes gespeist. Mehr fiel der jungen Frau nicht ein.

Doch, da sei eine Sache gewesen ...

„Und Sie sind sicher?"

Die Bibliothekarin wurde ganz nervös bei dem Gedanken, den entscheidenden Durchbruch gefunden zu haben.

„Ja", antwortete die junge Dame. „Er trug immer dasselbe Buch mit sich herum. Auf dem Cover waren Mordkreuze abgebildet, man kennt diese von den Wanderwegen. Er hatte sich mehrere Stellen mit Klebezetteln markiert. Er schien etwas gesucht zu haben. Ich vermutete, er sei Schriftsteller ..."

„Sie haben mir unglaublich geholfen!" Agnes verspürte das vertraute Kribbeln, das auch beim Lesen der Kriminalromane aufkam, wenn sie kurz davor war, das Rätsel zu lösen.

„Seien Sie vorsichtig, Frau Meier, und gehen Sie kein unüberlegtes Risiko ein", rief ihr die Rezeptionistin noch hinterher. Doch Agnes hörte längst nicht mehr zu.

Dies war ihr erster eigener Fall und sie würde ihn noch vor der Polizei lösen!

Die Teilzeitbibliothekarin lenkte ihre Schritte Richtung Zell. Auch wenn diese Gegend des Odenwalds nicht besonders bekannt für seine Mordkreuze war, so gab es sie doch ab und an, meist versteckt. Agnes hatte sie auf ihren Wanderungen entdeckt und ihr eigenes, kleines Verzeichnis angelegt. Welches Buch dem Fremden in dieser Gegend eine Hilfe sein sollte, erschloss sich ihr vorerst nicht, aber sie wusste, wo sie suchen konnte.

Parallel zur Hauptstraße führte ein Weg durch die Wälder. Hier mussten seit dem Mittelalter Mörder als Sühne Gedenksteine für die Toten aufstellen. Sie hatte auf ihren Touren zehn verschiedene Kreuze entdeckt und sogar abgezeichnet.

Einen Kilometer vor dem Ortseingang von Zell befanden sich die meisten Mordkreuze. Es schien fast so, als ob diese Ansammlung den Mördern das Gefühl gab, sie hätten weniger individuelle Schuld auf sich geladen. Wie sonst ließ sich dieser Umstand in der doch eher friedlichen Gegend des Odenwalds erklären?

Agnes hatte bereits andere Wanderwege der Region besucht und auch wenn dort die touristischen Pfade auf die Sagenwelt ausgelegt waren, so hatten dort ebenfalls Mordkreuze gestanden. Allerdings vereinzelt.

Frohen Mutes schritt sie auf die fünf Kreuze zu. Verwittert waren sie, standen zum Teil schon viele Jahrhunderte am Wegesrand. Gedankenverloren war Agnes weitergegangen, als sie eine Eingebung zurückkehren ließ.

Der Mörder stellte das Kreuz zur Buße auf. Nur wenn es den Namen des Opfers und das Todesdatum trug, war die Schuld gesühnt.

Sie kannte die Inschriften. Alle!

Doch die dritte Inschrift entsprach nicht derjenigen, die sie abgezeichnet hatte. Der Mörder war geschickt gewesen. Er hatte einen bereits verwitterten Stein genommen und hierauf die Daten seines Opfers geschrieben. Und ja, sie erinnerte sich. Es hieß, die alte Frau sei in ein Seniorenheim gekommen, selbst ein Umzugswagen war vorgefahren, damit die Täuschung perfekt gelang.

Krampfhaft überlegte Agnes, wo er die Leiche entsorgt haben und vor allem, wer der Mörder gewesen sein konnte. Die alte Dame war alleinstehend gewesen und viel hatte sie nicht besessen.

Befangen stand Agnes vor dem Kreuz und versuchte, sich zu erinnern, wer damals alles organisiert hatte. Es dauerte eine Zeitlang, bis sich das Bild aufklarte und sie das Gesicht zu fassen bekam.

Ja, sie erinnerte sich, dass sie damals hinter ihrer Gardine gestanden und sich gewundert hatte, in welchem Verhältnis der junge Mann zu der alten Dame gestanden hatte. Vor ihrem Auszug war er mehrfach zu Besuch gewesen ...

Agnes hatte die alte Dame schon lange nicht mehr so strahlen sehen wie zu der Zeit, als der junge Mann kam.

Doch trotzdem fiel ihr der Name nicht ein. Hatte sie ihn je gewusst? Das Auto und auch das Kennzeichen sah sie inzwischen vor ihrem geistigen Auge: Es war ein froschgrüner VW Polo mit dem Kennzeichen ERB-RS ...

Der Schmerz traf sie unvorbereitet. Wo sie gerade noch auf die Steine gesehen hatte, tanzten plötzlich Sterne, bevor sie zusammenbrach und alles schwarz wurde.

Sie hatte den Schlag nicht kommen sehen. Sicherlich war sie durch ihre Gedanken abgelenkt und auch die fehlende Erfahrung mit Mördern machte sie unaufmerksam. Hätte sie sich ein wenig mehr mit True Crime als mit Agatha Christie beschäftigt, hätte sie gewusst, dass der Mörder *immer* zurückkehrt.

„Ich wusste gar nicht, dass Sie Ihre Arbeit im Schlaf beherrschen", feixte der Polizist.

Müde richtete Agnes Meier sich auf.

„Ich ... Ich habe nicht geschlafen."

„Natürlich nicht, Frau Bibliothekarin."

„Was machen Sie hier?", fragte sie ungläubig. „Ist etwas passiert?"

„Hier ist doch schon seit Jahren nichts mehr geschehen", antwortete Ralf Schmidt gähnend.

„Aber der Bürgermeister war doch hier und hat mir von dem Fremden erzählt. Und dem blutigen Bettlaken."

Missmutig blickte der Polizist auf die Lektüre vor ihr.

„Liebe Frau Meier, vielleicht sollten Sie vor Ihrem Nickerchen keine spannende Lektüre mehr lesen, wenn Sie danach so wirres Zeug träumen."

Der Polizist drehte sich weg und ging. Er hörte sie nicht mehr rufen: „Aber warum sind Sie denn hier?"

Denn wenn sie alles nur geträumt hatte, warum lag im Rückgabefach ein Buch über die Mordkreuze des Odenwalds – mit einem blutigen Fingerabdruck mitten auf einem Sühnekreuz?

Caller

Sandra Mall (Neckarsulm)

Es war ein Freitag, 22:30 Uhr, im August. Das Thermometer zeigte immer noch 38 Grad an. Philipp strich sich den Schweiß von der Stirn und legte den Thriller, auf den er sich wegen dieser unmenschlichen Hitze sowieso nicht konzentrieren konnte, beiseite. Er stand vom Sofa auf, ging den kurzen Weg in seine Küche und öffnete den Kühlschrank, nur um ein paar Sekunden nicht schwitzen zu müssen. Am liebsten wäre er jetzt ewig so dagestanden, aber das ging natürlich nicht. Verfluchte Dachgeschosswohnung! Ohne etwas herauszunehmen, schloss er den Kühlschrank wieder. Vielleicht hätte er heute doch mit Moritz auf Kneipentour gehen sollen. Aber was er stattdessen vorhatte, konnte er nicht einfach absagen. Dafür sah er sich zu sehr in der Verantwortung. Er lief ins Wohnzimmer zurück und versuchte sich wieder auf sein Buch zu konzentrieren, als es plötzlich klingelte. Sofort war Philipp am Laptop und setzte das Headset auf. Das Adrenalin tat seinen Dienst. Seine Finger kribbelten und innerhalb einer Sekunde fühlte er sich hellwach. Er übte dieses Ehrenamt jetzt seit fast einem Jahr aus. Seit damals, als seine jüngere Schwester Louisa eines Nachts überfallen und vergewaltigt worden war. Sie hatte diesen Angriff knapp überlebt, aber seitdem war die ganze Familie traumatisiert. Ein Grund, weshalb Philipp und Louisa beide kurz danach aus der Großstadt gezogen waren. Ein Grund, weshalb Louisa immer noch unter Angststörungen litt. Ein Grund, weshalb Philipp sich neben seinem Hauptjob noch für etwas anderes engagierte.

„Heimwegtelefon, hier spricht Phil. Wie kann ich dir helfen?"

„Phil?" Die Stimme einer Frau. Sie hatte nichts außer seinem Namen gesagt, dennoch wusste er, wen er da am Telefon hatte.

„Hanna." Er konnte sein Grinsen nicht unterdrücken. Hanna war ... einfach Hanna. Er hatte zum ersten Mal vor zwei Monaten mit ihr telefoniert und seitdem regelmäßig. Es fühlte sich längst nicht mehr an, als würden zwei Fremde miteinander sprechen, auch wenn sie sich noch nie gesehen hatten.

Philipp hatte keine Ahnung, wie Hanna aussah. Er wusste nur, dass sie in einer Band sang, weswegen sie abends oft allein unterwegs nach Hause war. Er wusste, dass sie nur zwei Orte von ihm entfernt wohnte. Und er wusste von ihrem Freund, mit dem sie zurzeit Beziehungsprobleme hatte …

„Hey", grüßte Philipp. „Bist du auf dem Heimweg?"

Sie räusperte sich. „Ja, ich … ja. Wir hatten heute Band-Probe. Ich bin noch unterwegs. Ich wollte dich nur zurückrufen, du hast mir geschrieben, dass es dringend ist."

Philipp stutzte. Es war nicht nur Hannas Gestammel, das total wirr für ihn klang, sondern Hanna selbst. Er stand auf und drückte das Headset an seine Ohren, als könnte er so den Fehler dieses Gesprächs heraushören. Irgendetwas stimmte hier nicht.

„Bist du in einer Notlage?", Philipp sprach leise, gleichzeitig kam es ihm vor, als würde sein Herz so laut klopfen, dass Hanna ihn vielleicht überhaupt nicht verstanden hatte.

„Mhm. Ja. Natürlich kannst du mich jederzeit anrufen."

Scheiße. Wenn sich Philipp auf etwas verlassen konnte, war es sein Instinkt. Und der brüllte ihm gerade zu, dass Hanna Angst hatte.

„Hanna, hör mir zu", sagte er bestimmt, „ich rufe die Polizei, wenn du in Gefahr bist. Aber du musst mir sagen, wo du bist."

Dann hörte er ein Rascheln durchs Telefon. „Heeey, Lotta. Süße, Hanna hat jetzt keine Zeit", dröhnte eine lautere Stimme durch den Hörer. Alex, dachte Philipp und hegte sofort eine Abneigung gegen diesen Typen. Man hörte ihm deutlich an, dass er betrunken oder bekifft war. Vielleicht auch beides. Das in Kombination mit der ängstlichen Hanna ließ bei ihm alle Alarmglocken schrillen. Philipp versuchte es mit logischen Folgerungen. Hanna war weiß Gott wo mit diesem Kerl. Hanna hatte Angst. Weil Hanna Angst hatte, hatte sie Philipp angerufen und Alex vorgespielt, sie telefoniere mit ihrer besten Freundin. Sie brauchte einen Ausweg, und verdammt, Philipp würde ihr dabei helfen!

Er hörte, wie Hanna weinte, während Alex etwas Unverständliches brüllte. Dann sagte noch eine dritte, männliche Stimme etwas. Was war hier los!?

Philipps Angst wuchs immer mehr. Zum Glück war es schließlich Hanna, die wieder ins Telefon sprach. Ihre Stimme bebte. „Lotta, tut mir leid für die Störung. Ich schätze, wir sehen uns dann nächste Woche. Schlaf die drei Tage durch bis Montag. Bis dann."

„Hey", flüsterte Philipp, „ich will, dass du weißt, dass ich dich da raushole, verstanden? Wenn sie dir wehtun, setzt du Ellenbogen, Knie oder den Kopf ein. Das sind die härtesten Körperteile, damit kannst du dich auch gegen eine stärkere Person wehren. Ich kann –"

Dann war die Verbindung schlagartig unterbrochen. Verdammte Scheiße! Philipp riss sich das Headset vom Kopf und überlegte, was Hanna ihm mit ihrem letzten Satz hatte sagen wollen.

Schlaf drei Tage … Schlaf drei Tage …

Er hatte keine Ahnung, wo Hanna sich befand, trotzdem schlüpfte er in einem Adrenalinschub in seine Turnschuhe, schnappte sich Handy und Autoschlüssel und lief nach draußen. Draußen im Dunkeln schaffte er es, seine Gedanken zu ordnen. Da er ohne mehr Informationen weder selbst wie nach der Nadel im Heuhaufen suchen noch die Polizei rufen konnte, setzte er alles auf die Idee, die ihm in dieser Sekunde kam, als sein Blick auf das Gasthaus auf der anderen Straßenseite fiel. Er hatte sich dort seit seinem Umzug ab und zu abends ein Bier gegönnt und war dadurch eher unfreiwillig ins Gespräch mit dem alten, gesprächigen Wirt gekommen. Hier in Hetzbach schien Dorfklatsch für die Leute gewissermaßen überlebenswichtig zu sein.

Als er eintrat, winkte ihm der Alte schon hinter dem Zapfhahn hervor. „Hee, Phil. Willst du ein Bier?" Philipp schüttelte den Kopf, steuerte auf ihn zu und blieb vor ihm stehen. Er riss sich zusammen, nicht wie ein Verrückter einfach loszuplappern. „Alfred, ich hätte da eine Frage, vielleicht kannst du mir helfen." Alfred nickte. „Klar doch, schieß los."

„Also … wo würdest du hier jemanden suchen, der sich draußen aufhält, aber doch irgendwie abseits ist?" Alfred kräuselte die Stirn. „Wie meinst du das?"

Philipp zuckte die Schultern. „Ich meine in der Umgebung. Eher Richtig Beerfelden wahrscheinlich."

„Na ja, da gibt's den alten Steinbruch, meine ich." Da knutschen die jungen Kerle wie du gerne mal mit ihren Freundinnen." Alfred zwinkerte.

Philipp überlegte. Wie sollte er nur von Hannas Aussage auf diesen alten Steinbruch schließen können? Es passte nicht zusammen. Dann kam ihm noch eine andere Idee. „Und könnte man dort im Sommer auch … drei Tage übernachten? In einem Zelt vielleicht oder so?" Warum nicht einfach Hannas Rätsel stellen, so bizarr es auch klingen mochte?

Alfred grunzte. „Na, also nicht mal beim dreischläfrigen Galgen würde ich so lange übernachten, auch wenn der so heißt. Alles nur Plätze für die Jugend zum Saufen." Und da war es. Mehr brauchte Philipp nicht. Ohne sich zu verabschieden, rannte er aus der Kneipe und rief die Polizei.

Eine knappe halbe Stunde später hatte er Kopfschmerzen von dem grellen Blaulicht der beiden Polizeiautos und des Rettungswagens, die am Beerfelder Galgen geparkt standen. Einer der Sanitäter hatte ihm etwas zum Kühlen für seine Hand gegeben, die er vor ungefähr einer Viertelstunde ins Gesicht von Alex geschlagen und ihm damit die Nase gebrochen hatte. Philipp war drei Minuten vor den Polizisten in Beerfelden angekommen und hatte sich wutentbrannt auf die beiden Männer gestürzt, die gerade versucht hatten, Hanna zu vergewaltigen. Ob er für Alex' gebrochene Nase eine Strafe bekommen würde, war ihm egal. Bisher hatte noch niemand mit ihm gesprochen. Die Polizisten waren gerade noch dabei, eine Anzeige mit Hanna aufzunehmen.

Er war noch immer entsetzt über die Widerwärtigkeit dieser Tat. Hannas Leben würde jetzt für immer durch dieses Erlebnis geprägt sein.

Ohne es zu bemerken, stand sie plötzlich vor ihm. Blass, aber einigermaßen gefasst.

"Hey." Ihre Stimme klang in Natura noch schöner als am Telefon und sie passte zu hundert Prozent zu dieser zierlichen blonden Frau.

„Hey."

„Ich muss mich bei dir bedanken", sagte sie und brachte ein müdes Lächeln zustande. Sie war trotz der Hitze in eine Decke gehüllt und an ihrer Schläfe klebte ein Pflaster. „Nicht dafür", antwortete Philipp. „Ich bin froh, dass wir dich gefunden haben." Jetzt füllten sich ihre Augen mit Tränen. „Doch, Phil. Du hast mich gerettet, in jeder Hinsicht. Ich hätte nie gedacht, dass Alex zu so etwas fähig ist."

„Manchmal kann sich das Böse einfach gut tarnen."

Hanna nickte. „Schätze, da hast du recht."

„Und wie geht es jetzt weiter?", Philipp wusste nicht genau, ob er das Hanna oder sich selbst fragte oder was genau er damit meinte.

Statt einer ausgesprochenen Antwort nahm sie seine Hand in ihre und drückte sie.

Vielleicht war es ihre Art, danke zu sagen. Danke, dass sie Alex jetzt los war und Philipp Schlimmeres verhindert hatte.

Vielleicht war es aber auch der Beginn von etwas Neuem, das sich aus zwei geprägten Personen ganz langsam entwickeln musste.

Zwölf Uhr mittags

Heidi Moor-Blank (Lustadt)

Sophie ist eine hochgewachsene, dürre Frau, die nach dem Tode ihres Mannes sehr schnell ein neues Betätigungsfeld gefunden hat. Im Gesundheitszentrum des benachbarten Ortes liest sie den Herrschaften des Altenzentrums aus ihren Lieblingsbüchern vor. Dieses Ehrenamt hat sie sich nicht ganz uneigennützig ausgesucht. Hier hat sie die Möglichkeit, sich die älteren männlichen Bewohner genauer anzuschauen. Sie würde gerne noch einmal heiraten. Das liegt weniger an dem Wunsch nach einem Mann an ihrer Seite, als an ihrer sehr dürftigen Witwenrente.

Ella ist eine dralle, fröhliche Person. In ihrem Witwendasein hat sie sich prächtig eingerichtet. Ihre Leidenschaft für Kriminalgeschichten gipfelt darin, dass sie im Hospiz des benachbarten Ortes schwerstkranke Menschen beim Sterben begleitet. Kritisch prüft sie jede Schauspielerleiche in Fernsehkrimis und vergleicht den Anblick mit den Toten, die sie gesehen hat. Bei gestorbenen älteren Damen prüft sie auch gleich noch, ob es denn trauernde Ehemänner gibt, die dringend nach Trost suchen. Ellas Träume sind sehr konkret, ihr Bankkonto allerdings nicht darauf ausgelegt.

Die kleine Straße in der Nähe des Waldschwimmbades von Michelstadt ist sehr beschaulich und ruhig. Und etwas ist bei fast allen Häusern gleich: Sie werden von einer Witwe bewohnt.
Fast.
Ein Haus weicht vom Standard ab. Eugens Frau ist im Frühsommer gestorben.
Nur wenige Tage der Trauer wurden Eugen gegönnt, dann bliesen die Damen zum Halali! Die Hatz auf den einzigen alleinstehenden Mann in der Straße hatte begonnen!
Die beiden Bewohnerinnen der angrenzenden Häuser waren natürlich im Vorteil. Sie konnten sehen, wann Eugen das

Haus verließ, wann die Rollläden morgens hochgezogen wurden und wann abends das Licht ausging.

Sophie wohnte im Haus rechts. Sehr gerne hätte sie die Pension des früheren Postobersekretärs mit ihm geteilt. Eugen hatte Stil. Er würde sie nicht Soffi nennen, mit Betonung auf dem ‚o'.

Ella, aus dem Haus links, sah sich schon mit wehendem Schal auf einem Kreuzfahrtschiff – in den Armen von Eugen.

Es ging los mit einer Tüte Brötchen, mit der Sophie drei Tage nach der Beerdigung morgens bei Eugen klingelte.

Ihre Enttäuschung war groß, als Eugen erfreut die Tüte entgegennahm und die Tür vor ihrer Nase wieder schloss.

Ella arbeitete in ihrem Vorgarten. Ihr war nichts entgangen. Die Jagd war eröffnet!

Am Nachmittag stand Ella mit einer Kuchenplatte vor Eugens Tür. Sie hatte gewartet, bis er sein Auto in die Garage und seine Einkäufe ins Haus sortiert hatte. Jetzt war doch der richtige Moment für Kaffee und Kuchen!

Sie schaffte es immerhin ins Haus. Aber Eugen hatte sich mit freudigem Dank zwei Stücke abgeschnitten und war lächelnd in der Küchentür stehengeblieben. Ella gab auf.

Für heute.

In den nächsten Wochen umsorgten ihn die beiden Damen eifrig und zäh.

Sie brachten ihm Brötchen, Suppe, Braten, Kuchen, auch hatten es beide ins Haus geschafft. Sophie bügelte seine Hemden und Ella putzte die Fenster.

Umgekehrt wäre es wegen der Größenverhältnisse praktischer gewesen, aber natürlich gab es keine Absprachen irgendwelcher Art, schließlich herrschte Krieg.

Ella grübelte. Heute würde sie die nächste Eskalationsstufe starten. Mit ihrer kriminellen Ader hieß das nur eines – sie musste Eugens Leben retten! Und zwar im letzten Moment!

Blöd nur, dass Sophie just an diesem Tag zu einem ähnlichen Entschluss gekommen war.

Und so kam es zum „High noon".

Punkt zwölf an diesem Sonntag trat Ella aus ihrer Tür. Sie trug ein Blümchenkleid und eine ebenso geblümte Schale. Sophie stand auf ihrer Eingangstreppe und starrte hinüber zu Ella. Das eigene Kleid war etwas weniger farbenfroh und vor allem etwas weniger ausgeschnitten. Aber zum Umziehen war jetzt keine Zeit mehr. Immerhin war ihre Suppenterrine knallrot, genauso wie Sophies Lippenstift.

Ella lief ihre Auffahrt hinunter zur Straße.

Sophie nahm die Treppe in hoher Geschwindigkeit.

Beide traten im gleichen Moment auf die Straße und sahen sich an.

Die Uhr des nahen Kirchturms schlug Zwölf.

Mit jedem Schlag näherten sich die beiden Damen Eugens Gartentor, mit entschlossenem Schritt, die Blicke wie ineinander verhakt.

Keine sprach ein Wort.

„Oh meine Damen! Wollen Sie denn etwa beide zu mir?" Eugen hatte die Haustür geöffnet und musterte das Bild, das sich ihm bot.

Sophie und Ella sahen ihn an und nickten.

Eugen ergab sich der Hartnäckigkeit der beiden Damen und sprach endlich die magischen Worte:

„Wollen wir vielleicht gemeinsam essen? Das wäre doch nett!"

Die Damen erstarrten.

Beide.

Ausgerechnet!

Ausgerechnet heute!

Aber die Einladung auszuschlagen käme einer Kapitulation gleich! Wieder nickten beide.

Eugen kam zur Gartentür, öffnete sie weit und ließ die beiden Damen eintreten. Sophie ging triumphierend als Erste, aber Ella nutzte die Zeit, um Eugen ihren Ausschnitt zu präsentieren.

Im Esszimmer wurden rasch Schüssel und Terrine platziert, der Tisch gedeckt und Eugen holte die Sektkelche aus Kristall.

„Zur Feier des Tages!", meinte er.

‚Wie passend!', dachte Ella.

‚Schlechtes Timing!', dachte Sophie.

„Ich hab schon gegessen. Ich wusste ja nicht …“, lehnte Sophie den Inhalt ihrer Terrine ab.

Eugen nahm sich eine ordentliche Portion von den Nudeln mit Gulasch und auch Ella häufte ihren Teller voll.

„Hmmm! Lecker! Und diese Pilze in der Soße!“ Eugen seufzte vor Behagen. „Du bist eine fantastische Köchin!“

Sophie lächelte.

Bei der nachfolgenden Runde Cognac war sie mit dabei und als dann Ellas Nachtisch verteilt wurde, konnte sie sich nicht zurückhalten.

Dieses Mal war es Ella, die ablehnend die Hand hob.

„Ich schaffe nichts mehr! Ich hätte weniger von diesem …“, das Wort ‚köstlichen‘ wollte nicht über ihre Lippen, „von diesem Gulasch essen sollen!“

‚Stimmt!‘, dachte Sophie und dachte an die gelben Knollenblätterpilze, die sie in der Soße verarbeitet hatte. Gelbe waren nicht so tödlich giftig wie die weißen oder grünen. Aber schließlich sollte Eugen ja auch nicht das Zeitliche segnen, sondern …

Sophie fand den Nachtisch sehr lecker. Dieser Pudding mit kleinen Beeren und Nüsschen war ein Gedicht!

Nüsse und Beeren… was, wenn Ella eine ähnliche Idee gehabt hatte? Und deshalb ihren eigenen Nachtisch nicht essen wollte?

Sophie starrte Eugen an.

Der hob gerade die Cognacflasche und goss ein.

„So, die Damen! Prost! Auf einem Bein kann man nicht, und so jung, äh, - nicht wahr?“

Ihm schien es prächtig zu gehen!

Ella hob gerade ihr Glas und prostete Eugen zu. Ihr Kopf war hochrot und sie atmete schwer. Und ihr war gerade eingefallen, dass sie leichtsinnigerweise am Morgen ihre Betablocker vergessen hatte.

Sophie leerte ihr Glas. Wieso war ihr so schwindelig?

Einen kurzen Moment nur den Kopf auf der Tischplatte ablegen. Um das Geschwurbel zu vertreiben.

Eugen sah von Ella zu Sophie.

Ella saß entspannt, den Kopf im Nacken, die Augen geschlossen. Sie atmete schnell und ihre Haut war hochrot.

Sophies linker Arm lag auf der Tischplatte, ihr Kopf darauf. Sie schien zu schlafen.

‚Das mach ich jetzt auch, bis die besoffenen Mädels wieder fit sind!‘, dachte Eugen und legte sich, wie jeden Sonntag nach dem Mittagessen, auf die Couch für ein Schläfchen.

Der Notarzt schüttelte den Kopf. Die Dame im Blümchenkleid war an einer Tachykardie gestorben. Ihr Blutdruck war quasi in die Höhe geschossen und hatte ihr Herz gesprengt. Bei der anderen Dame ließ die Blässe eher auf das Gegenteil schließen.

Der Dritte im Bunde, der Mann, der den Rettungswagen alarmiert hatte, saß sehr lebendig auf seiner Couch. Etwas zerknittert zwar und sehr betröppelt wegen der zwei Leichen an seinem Esstisch, aber lebendig.

„Nee, ich hab alles gegessen. Und es war sehr lecker! Vielleicht war der dritte Cognac ein bisschen viel, ich musste mich vorhin mal kurz … na ja, Sie wissen schon."

Nach der Untersuchung der Leichen in der Rechtsmedizin und der Essensreste im Labor tauchten dann plötzlich zwei Herren von der Kriminalpolizei bei ihm auf und sprachen den Ablauf des Menüs mit ihm durch.

Sophie hatte mit ihren Pilzen im Gulasch eine rasante Erhöhung des Blutdrucks bewirken wollen, um Eugen dann fürsorglich in die Notaufnahme zu begleiten.

„Das Bufotenin hätte Sie wohl nicht umgebracht, aber Frau Ella, mit ihren schlechten Blutdruckwerten, die hat das nicht überlebt!"

Ella hatte mit Lupinensamen in ihrem Pudding einen Abfall des Blutdrucks und folgender Atemlähmung geplant, mit Rettung in letzter Minute.

„Frau Sophie ist an dem Spartein gestorben. Blutdruckabfall und dann …"

Eugen starrte den Kommissar an. „Aber wieso bin denn ich …?"

„Na ja – Sie haben beides gegessen. Gulasch – Blutdruck hoch. Pudding – Blutdruck runter! Einmal Kotzen – keine Atemlähmung. Herzlichen Glückwunsch!"

Eugen nickte langsam.

Und dann dachte er an seine Hemden und an die Kuchen und an die Fenster – und trauerte erneut.

Dieses Mal gleich um zwei Frauen.

Ein Pfiff zu viel

Boris Niggeling (Münster)

Es ist mir langweilig hier in der Wohnung bzw. auf der Couch oder im Bett. Nach Anraten des Notfallarztes soll ich mich noch schonen und Ruhe geben für 2-3 Tage. Nun genau das tue ich und dabei fühle ich mich eigentlich schon wieder fit. Das war vor 2 Tagen noch ganz anders, da fuhr ich mit meinem Fahrrad hier in Höchst im Odenwald die Otto-Hahn-Straße runter und wollte zu den Discountern zum Einkaufen. Wäre auch möglich gewesen so wie immer, wenn mir nicht ein Auto meine Vorfahrt genommen hätte.

Der ist kurz vor mir plötzlich rechts abgebogen und mit seinem rechten Vorderrad gegen meinen Vorderreifen gefahren. Dies hatte für mich einen Sturz zur Folge, der glücklicherweise von meinem Fahrradhelm auf dem Kotflügel etwas gemildert wurde. Beim Fallen habe ich nur noch das erschrockene Gesicht des Fahrers gesehen und dann war es gefühlt nur kurz dunkel um mich herum.

Als ich wieder zu mir kam, hatte sich gerade ein Herr zu mir heruntergebeugt und sich nach meinem Zustand erkundigt. Diese Person war definitiv nicht der Fahrer, denn dieser war nicht mehr vor Ort, ebenso dessen Auto. Zurückgeblieben war nur mein altes zerbeultes 3-Gang Fahrrad und eine kaputte Fahrradbrille.

Das war Fahrerflucht kam es mir sofort in den Sinn, der Idiot ist einfach weitergefahren ohne Verluste, dachte ich für mich und wollte aufstehen. Dies lies der einsetzende Schwindel jedoch nicht zu und die Person welche mich stützte, hatte daraufhin einen Rettungswagen gerufen. Während der Wartezeit auf den Krankentransport wollte ich wissen, ob er das Nummernschild des Fahrzeugs und die Fahrzeugmarke erkannt hatte, es kam leider nur ein ‚Nein'. Die Entfernung wäre zu groß gewesen und das Fahrzeug hatte bereits beschleunigt und sich rasch entfernt. Die Automarke hätte er auch nicht genau erkennen können, ein schwarzer SUV halt.

In der Notfallaufnahme des Kreiskrankenhauses Erbach wurde später dann eine leichte Gehirnerschütterung diagnostiziert mit der Bitte um eine 2 - 3-tägige Schonung, also Bettruhe. Auf Anraten von Freunden sollte ich eine Anzeige gegen Unbekannt bei der Polizei machen. Habe ich auch telefonisch probiert, dies ging aber nicht, weil man die Anzeige persönlich unterschreiben muss. Erklärungen, dass ich ja nun mal nicht raus könnte, kamen nicht an. Kommen sie später einfach vorbei, wenn es ihnen möglich ist und dann können wir alles bearbeiten. Ich hätte nach dem Vorfall sowieso die Möglichkeit, dieses 30 Tage rückwirkend zu melden. Die Aussicht auf Erfolg, ohne Zeuge oder dem Kennzeichen, wären sowieso sehr gering, so wurde es mir freundlich übermittelt.

Die Krankschreibung meines Hausarztes geht bis zum Samstag also noch 2 Tage. Der Arzt hätte die auch noch über das Wochenende hinaus ausgestellt, aber dies wollte ich nicht, denn am Sonntag pfeife ich wieder.
Meist sonntags bin ich nämlich als Schiedsrichter im Fußball unterwegs und pfeife für unseren Sportverein den TSV Höchst, Ligaspiele im gesamten Odenwaldkreis hin bis zur Gruppenliga. Dies mache ich schon lange ehrenamtlich und es macht mir viel Freude. Man ist viel unterwegs, lernt viele neue Orte und Leute kennen. Vielleicht pfeife ich ja auch bald mal in höheren Klassen dann wird es noch interessanter. Gerade an dem kommenden Wochenende ist für die Bezirksoberliga ein wichtiges Ligaspiel angesetzt und mir zugeteilt worden. Dies bedeutet nun Ruhe geben und sich auf Sonntag freuen.

An dem Sonntag ist alles wieder bestens und der Tag gestaltet sich wie gewohnt. Nach der Ankunft bei der Spielstätte wird mir meine Umkleidekabine zugewiesen, der ausgefüllte Spielbogen und die Spielerpässe liegen bereits auf dem Tisch. Nachdem ich mich umgezogen habe und alles Nötige eingesteckt habe, kontrolliere ich den Spielbogen mit den jeweiligen Pässen auf dessen Richtigkeit.
Eigentlich Routine und es ist mir auch noch nie eine wissentliche Täuschung vorgekommen. Auf den Pässen ist jeweils

auch ein Passfoto des Spielers fest verklebt und bei einem bleibt mein Blick hängen.

Einwandfrei ist dies das Gesicht, was ich erst vor ein paar Tagen bei meinem Sturz gesehen habe, natürlich entspannter, aber die markanten Gesichtszüge lassen bei mir keinen Zweifel aufkommen.

Viele Gedanken schossen gleichzeitig durch meinen Kopf und es dauerte eine Weile bis ich alle Seiten des Handelns für mich abgewägt hatte.

Beim Aufwärmen und Kontrollieren der Tore beobachte ich dabei selbstverständlich den gewissen Spieler etwas genauer. Ich stelle fest, er ist nicht nur Spieler, sondern auch der Trainer der Auswärtsmannschaft und dirigiert das Aufwärmprogramm seiner Mannschaft. Kurz vor dem Spiel gehen alle nochmals in ihre Kabinen, um sich zu sammeln und motivieren. Als Schiedsrichter besuche ich beide Kabinen, stelle mich vor und wünsche ein sportliches faires Spiel. Dabei kommt es in der Regel auch zu einem Händedruck mit den jeweiligen Trainern. Mit einem lauten Pfiff erfolgt dann die Aufforderung an die Spieler, zum Einlauf anzutreten. Auch diesmal ist es so gelaufen und er hat mich nicht erkannt, obwohl ich ihn direkt lange angeschaut hatte. Mein getragener Fahrradhelm und die Brille sind wohl die Ursache dafür. Der Anpfiff des Fußballspiels erfolgt pünktlich und mein persönliches Spiel auch.

Wenn man gut ist und über genügend Erfahrungen verfügt, kann man ein Spiel auch so leiten, dass es nicht gleich jeder von außen merkt. Mehrmals in den 90 Minuten Abseits pfeifen, wenn es keines war. Gelbe Karte wegen Meckerns, auch wenn dies nicht nötig gewesen wäre. Foulspiel abpfeifen bei der kleinsten Berührung, auch wenn dies normale Härte ist oder umgekehrt, keines ahnden, wenn er gefoult wurde. Dies alles kann den Puls nach oben treiben und auf ein Spiel Einfluss nehmen. Heute dauerte es eine Weile, aber es kam der Moment, auf den ich hingearbeitet hatte.

Er musste viel einstecken und es hat auch bis zur 70. Minute gedauert, aber als ich einen berechtigten Elfmeter an ihm verweigerte, war es mit seiner Selbstbeherrschung vorbei. Er lief auf mich zu und schubste mich mit beiden Hände. Ich war darauf gefasst und lies mich theatralisch fallen. ‚Liegen bleiben, liegen bleiben', waren meine Gedanken und so zwang ich mich dazu, dies zu tun. Nachdem genug Betreuer zur Schlichtung auf den Platz gerannt waren, habe ich das Spiel abgebrochen, wegen Tätlichkeit an meiner Person.

Nachdem sich alle in ihren Kabinen zurückgezogen hatten und sich wieder etwas beruhigten, musste ich die Begründung zum Spielabbruch auf dem Spielberichtsbogen vermerken, welcher bei dem nun anstehenden Sportgerichtsverfahren zur Anwendung kommt. Das Spiel wird in der Regel für den anderen Verein mit 3:0, unabhängig vom tatsächlichen Stand, gewertet und zusätzlich erhält der Spieler eine Sperre für eine gewisse Anzahl von Spielen, je nach der Schwere des Vergehens. Vereinsinterne Strafen kommen eventuell noch dazu. Ich fühlte mich gut und meine kleine Rache war geglückt.

Wenige Minuten später klopfte es an meiner Kabinentür und nach dem Öffnen kam ein Offizieller der Auswärtsmannschaft und der besagte Spielertrainer zu mir. Sichtlich geknickt standen beide vor mir und entschuldigten sich für das Geschehen. Ich nahm diese an und versprach, ihr Verhalten wohlwollend zu vermerken. Danach bat ich den Vereinsvertreter uns alleine zu lassen, um das unter Männern zu klären. Nachdem wir alleine waren und es keine Zeugen mehr gab, habe ich ihm erklärt, dass meine Fehlentscheidungen ihm gegenüber absichtlich erfolgten, dies aber eine Kleinigkeit zu der von ihm begangenen Fahrerflucht vom Wochenanfang sei. Eine Gegenüberstellung mit dem Zeugen wäre nun möglich und eine Anzeige wäre ihm nun sicher, da ich ja jetzt über seine Personalien verfüge, die mir vorher dafür gefehlt hatten.

Schlagartig verlor er seine Farbe aus dem Gesicht und es dämmerte ihm, wer vor ihm stand. Ich erklärte ihm, dass er nun 48 Stunden Zeit hätte, mir ein neues Fahrrad vor die Tür zu stellen oder ich würde eine Anzeige bei der Polizei erstatten, wohl mit Erfolg und weitreichenden Konsequenzen für ihn. Ich drückte ihm meine Visitenkarte in die Hand und wies ihm die Tür ohne weiteren Kommentar.

Ach ist das schön, den Fahrtwind im Gesicht zu spüren und mit dem neuen E-Bike bin ich auch viel schneller als früher und kann dann jetzt auch zu den Spielen radeln.

Schlechter Umgang

Uwe Patzwahl (Berlin)

Drei Monate nach dem Beginn seines Ruhestandes kam die Krise, die ihm viele Freunde prophezeit hatten.

Nach dem Ende des Arbeitsverhältnisses hatte Klaus mit Ute, seiner Frau, einen langen Urlaub in Südafrika gemacht. Fünf Wochen absolute Freiheit, so hatte er es gesehen. Nach ihrer Rückkehr tat er das, was er schon immer erledigen wollte: Den Keller aufräumen, sich mit Freunden treffen und endlich mit seiner Frau die lange aufgeschobenen Wanderungen durch den heimatlichen Odenwald machen.

Dann aber, eines Morgens, schlug er die Zeitung zu, nahm einen letzten Schluck Kaffee und ließ seine Gedanken in die Zukunft schweifen. Dort, wo er früher die große Freiheit vermutet hatte, war nichts mehr – eine große Leere, die von immer gleichen Urlauben und Ausflügen unterbrochen sein würde. Dies, und das Gefühl, dass keine Aufgabe auf ihn wartete, kein Mensch ihn brauchte, waren die Auslöser: Die Krise war da.

Sämtliche Vorschläge, die Ute für die Gestaltung des Tages machte, lehnte er knurrend ab, so dass sie ihn entnervt in seiner selbstgewählten Übellaunigkeit zurückließ.

Ein paar Tage später unterbreitete sie ihm eine neue Idee: Seine Fähigkeiten als Ingenieur seien doch nicht mit Beginn des Ruhestandes verschüttet worden, so meinte sie. Jemand, der im Beruf ständig mit Mathematik und Physik konfrontiert war, könne doch dieses Wissen nicht brach liegen lassen. Angesichts der Bildungsmisere in Deutschland werden Menschen, die bereit sind, Zeit für ein Ehrenamt zu geben, dringend gebraucht. Der Bedarf an Unterstützung sei gerade in sozial schwächeren Familien, die sich teuren Nachhilfeunterricht nicht leisten können, ungeheuer. Ute arbeitete noch als Lehrerin und konnte die Situation daher beurteilen. Ausschlaggebend war dann aber wohl doch ihr Appell an seine Fairness gewesen. „Wir beide haben vom Staat ein Studium finanziert bekommen", sagte sie, „das uns einen guten Beruf und ein ordentliches Einkommen gebracht hat. Wäre es nicht Zeit, etwas davon zurückzugeben?" Offenbar hatte sie die Ablehnung ihres Angebotes überhaupt nicht in Erwägung gezogen, denn sie hatte sich bereits etwas umgehört, wie sie es ausdrückte, und wenige Tage später klingelte es an der Haustür: Sein Nachhilfeschüler Ediz. Das Wenige, was Klaus von ihm wusste, hatte Ute von seiner Lehrerin: Ediz Güler, 15 Jahre alt, stand vor dem mittleren Schulabschluss, der aber stark gefährdet war. In Mathematik und Physik war es besonders schlimm. Dann sei da noch, so teilte die Lehrerin vertraulich mit, ein illegales Straßenrennen gewesen. Die Polizei habe die Raser verhaftet, was für Ediz aber damals folgenlos geblieben war, da er noch nicht strafmündig gewesen sei. „Er hat eben schlechten Umgang", hatte die Lehrerin noch bedauernd hinzugefügt. Zusätzlich berichtete Ute noch von einer chronischen Asthmaerkrankung, die der Junge bei Stress mit einem Spray bekämpfen musste, das er immer bei sich tragen sollte. Das war alles, was Klaus von ihm wusste.

Beim Öffnen der Haustür stand ein großer sportlicher junger Mann vor ihm, mit schwarzen Haaren, die am Hinterkopf kurz ausrasiert waren. Ein T-Shirt und eine tiefsitzende Jeans, die ein Ledergürtel daran hinderte, ganz nach unten auf die weißen Turnschuhe zu rutschen, waren sein Outfit. Unter dem Arm trug er einen verdächtig dünnen Plastikordner, in dem sich wohl seine Schulunterlagen befanden. „Hallo, ich bin Ediz", sagte er nur.

Wenig später saß Klaus mit Ediz in seinem Arbeitszimmer und hörte dem Jungen zu. Die Großeltern waren in den 1970er Jahren aus Anatolien nach Mannheim gekommen. Beide Eltern wurden in Deutschland geboren und lebten nun schon fast 20 Jahre in Michelstadt, waren aber, wie er kritisch bemerkte, trotzdem noch sehr in der türkischen Kultur verhaftet. Sein Vater hatte ihn zu dem Nachhilfeunterricht geschickt, damit er mal einen ,anständigen Beruf' lernen könnte. Er grinste etwas, als er den Wunsch des Vaters wiedergab. Auf die Frage, was daran verkehrt sei, schwieg er eine Weile, bevor er heraussprudelte, dass für Menschen wie ihn ohnehin die guten Berufe nicht möglich seien, unabhängig von den Leistungen in der Schule. „Was soll's also, wir Ausländer haben doch immer schlechte Karten. Schon allein unser Glaube macht uns in den Augen der Leute hier zu anderen Menschen, solche Menschen, die nicht dazugehören", sagte er zum Schluss und sah Klaus trotzig an.

Der schwieg lange, bevor er begann: „Es gibt zwei Möglichkeiten. Du kannst dich weiterhin selbst bemitleiden, kannst dein schulisches Versagen auf deine Herkunft, deine Religion oder die ungerechte Behandlung durch die Gesellschaft schieben. Wenn du diese Möglichkeit wählst, kann ich dir nicht helfen. Du kannst aber auch mindestens den Versuch wagen, etwas zu verändern. Dazu musst du nur an dich selbst glauben und wirklich wollen. Wenn du das tust, verspreche ich dir, alles dafür zu tun, dass wir die Probleme in Physik und Mathe lösen." Er hob den Blick und sah Ediz in die Augen. „Ich glaube, wir können das gemeinsam schaffen." Der hörte ihm zunächst ablehnend zu, dann aber sagte er betont lässig: „Wir können es ja versuchen."

Damit war eine kleine, überaus erfolgreiche Arbeitsgruppe geboren. Der nächste Mathetest war noch eine 4, aber der Lehrer hatte ein aufmunterndes ‚Weiter so'! neben das Ergebnis geschrieben. Nach 2 Monaten löste Ediz problemlos quadratische Gleichungen und berechnete spielend den Scheitelpunkt einer Parabel. In Physik ging es weniger schnell voran, aber nach einiger Zeit waren ihm der Zusammenhang zwischen Beschleunigung, Geschwindigkeit und Strecken kein Buch mit sieben Siegeln mehr. Die Mühe zahlte sich aus. Nach einer 3 in der Physikarbeit zog er eines Nachmittags eine korrigierte Mathematikarbeit aus seiner Tasche und legte sie grinsend vor Klaus auf den Schreibtisch. Neben die 2+ hatte der Lehrer mit dicken roten Buchstaben einen Kommentar geschrieben: „Glückwunsch !!!"

Das Prüfungsdatum kam näher, und Klaus hätte nie zugegeben, dass er vor den entscheidenden Prüfungsarbeiten aufgeregter als Ediz selbst war. Dann standen die Ergebnisse fest. Ediz hatte die Prüfung mit guten Ergebnissen bestanden. Als er Klaus das Zeugnis zeigte, stand dieser vom Schreibtisch auf und nahm den Jungen wortlos in den Arm. Das war mehr als nur ein Ehrenamt, hier war in den letzten Monaten so etwas wie eine Freundschaft zwischen diesen ungleichen Menschen entstanden. In den Ferien hörte Klaus nichts mehr von Ediz. Er wolle mit den Kumpels ‚abhängen‘, hatte er auf die Frage geantwortet, was er in den Ferien vorhabe.

Kurz vor dem Ende der Ferien war Klaus in Darmstadt, um einen Freund zu besuchen. Es war spät geworden, und so parkte er sein Auto erst kurz vor Ladenschluss in der Tiefgarage des Supermarktes. Er wollte noch schnell einige Dinge einkaufen, um die Ute ihn gebeten hatte. Außer ihm waren nur noch zwei weitere Autos in der Tiefgarage: Eine schwarze Limousine mit getönten Fenstern und ein Geldtransporter, der wohl die Tagesumsätze des Supermarktes abholen sollte. Als Klaus seine Einkaufstasche aus dem Kofferraum holen wollte, hörte er plötzlich einen lauten Knall, den er als Fernsehkrimikonsument sofort als Schuss identifizierte. Vom Hintereingang des Supermarktes, vor dem der Geldtransporter stand, kamen drei Männer auf die Limousine zugelaufen, alle mit einer Strickmütze maskiert. Einer der Männer schien ein wenig zu torkeln und kam auf Klaus zu. Er nahm ein ersticktes Husten des Räubers wahr und sah, wie der sich mit einer panischen Bewegung die Maske vom Gesicht riss und keuchend eine kleine Spraydose aus seiner Tasche hervorkramte. Klaus erkannte Ediz sofort.

„Schieß, er hat dich gesehen, schieß doch!“, riefen die anderen Männer laut, und erst da sah Klaus die Pistole in Ediz Hand. Wie gebannt starrte er auf die Waffe, registrierte, wie sie sich auf ihn richtete. Sein Blick saugte sich an der bedrohlichen Laufmündung fest, alles andere schien ausgeblendet. Dann wieder die Stimmen: „Los, schieß doch endlich!“ Klaus hob den Blick und sah Ediz ins Gesicht, in dem sich die überstürzenden Gedanken des Jungen widerspiegelten. Dann senkte Ediz die Waffe und rannte auf die Limousine zu, die gleich darauf mit kreischenden Reifen das Parkhaus verließ.

Am nächsten Morgen las er eine kurze Meldung in der Tageszeitung. Bei einem versuchten Überfall auf einen Supermarkt in Darmstadt seien die Täter ohne Beute geflohen. Ein Mitarbeiter der Geldtransportfirma habe einen Warnschuss abgegeben, was die Täter zur Flucht trieb. Die Polizei ermittelt.

Acht Jahre lang hörte Klaus nichts mehr von Ediz, dann lag eines Tages ein brauner DIN A4-Umschlag in der Post. Kein Absender. Nach dem Öffnen hielt er nur eine Kopie in die Hand. Die technische Universität Berlin bestätigte damit Herrn Ediz Güler den erfolgreichen Masterabschluss im Fach Mathematik. Erst als er das Blatt wendete, sah er, dass jemand handschriftlich „Danke" quer über das Blatt geschrieben hatte.

Krieg

Jacqueline Reese (Dorsten)

Die Nachrichten aus Gaza flimmerten über dem Bildschirm. Schon längst hatte sie sich an das Grauen irgendwie gewöhnt, doch in ihren Alpträumen sah sie die verzweifelten Gesichter der Mütter und Kinder, die hinter blutgetränkten, ehemals weißen, nun von Blut besudelten Bündeln tränenblind hinterher stolperten. Schon längst hatte sie es aufgegeben, sich den noch wesentlich reißerischeren Bildern in den Medienplattformen auszusetzen, doch sie wusste, diese Jugendlichen taten es jeden Tag, Stunde um Stunde, Minute um Minute. Hinterlegt mit heroisch anmutenden Gesängen und Fahnen schwingend, trugen Menschen die Überreste dessen, was in der Kriegsführung als Kollateralschaden bezeichnet wurde, an staubigen, dürregeplagten Orten zu Grabe. Asche zu Asche, Staub zu Staub, es war Krieg. Und der Krieg hatte sich schon in dieser Schule ausgebreitet wie ein heimliches Magengeschwür, zunächst unbemerkt, dann unter ersten fühlbar auftretenden Schmerzen. In Höchst hatte eine Schule vor einiger Zeit den Margot Friedländer Preis gewonnen. Das Engagement dort gegen Rassismus und Antisemitismus war gelobt worden. Es gab also Hoffnung, doch jetzt fuhren Schüler mit ihren Fahrrädern und wehenden Palästinenserfahnen über einen Schulhof in Erbach, Parolen grölend gegen Israel, gegen Juden. Die Schulleitung hatte ihre Gruppe Ehrenamtler zu Hilfe gerufen, ein Verein, in dem sie bereits seit Jahren in kleinen Teams Schulen und andere Einrichtungen im ganzen Odenwaldkreis aufsuchten. Sie sprachen über das, was gewesen war und über das „Nie wieder", sie begleiteten Fahrten zu den KZ's, setzten Stolpersteine, pflegten jüdische Gedenkstätten und Friedhöfe. Doch jetzt? Jetzt war Krieg und diesmal war alles ganz anders. Anders, weil es zeitlich nicht so weit zurück lag wie Auschwitz oder Birkenau. Und die neuen Medien sorgten für täglichen Nachschub blutrünstiger Bilder, der Krieg fand schon längst zeitgleich in den Wohnzimmern und Köpfen der Menschen statt. Es war das Hier und Jetzt, dem sich auch alle Ehrenamtler neu stellen und neu Position beziehen mussten. Erschüttert hatte sie die Aufgabe Michaels, einer ihrer Mitstreiter, aufgenommen. Michael hatte das Töten in Gaza mit dem Holocaust verglichen, hatte keinerlei Finger mehr rühren wollen für Juden oder den Staat Israel. Sie war erschöpft. Stundenlang hatte sie an ihrem Schreibtisch gesessen, in ihrem friedvollen Güttersbach im Mossautal. Vor Jahren hatte sie sich in das alte kleine Bauernhäuschen verliebt und nun? Nun blickte sie grübelnd auf diesen wundervollen Obstgarten, in denen dicke rote leuchtende Äpfel hingen und unschuldig in der Abendsonne leuchteten, als gäbe es da draußen keinen Krieg. Der jüdische Friedhof in Höchst war geschändet worden, Naziparolen und Hakenkreuze hatte man mit leuchtenden roten Buchstaben aufgesprüht, doch das Echo, bei der Reinigung zu helfen, war diesmal verhalten gewesen. Nicht viele Jugendliche hatten sich für diese Arbeit gemeldet. Einige hatten ganz offen ihren Hass geäußert gegen Israel und gegen das Morden der Zivilbevölkerung. Auge um Auge, Zahn um Zahn, ja, der Krieg war längst in den Schulen und auf den Straßen angekommen. Das, und auch die Drohbriefe der letzten Tage brachte sie immer mehr zu einer Art Schockstarre. Sie, die immer aktiv und rührig gewesen war, wenn es um ihre ehrenamtliche Arbeit gegangen war, fühlte sich völlig ratlos. Eine Mischung aus Verzweiflung und Hoffnungslosigkeit hatte sich ihrer bemächtigt, denn auch die Diskussionen in ihrer Ehrenamt-Gruppe wurden unter den Mitgliedern aggressiver. Konnte man weiterhin aktiv sein, ohne die ein oder andere Seite des Konfliktes einzunehmen? Wie konnte sie noch reagieren, wenn ihr muslimische Schüler die Fotos zerfetzter Kinderkörper auf ihren Handys entgegenstreckten als Argumentation für ihren Antisemitismus? „Judenhure" hatte man auf ihr Auto gesprüht und im Internet waren verfälschte Bilder aufgetaucht, die sie mit Judenstern und verzerrtem Gesicht uralter und ewiger Stigmata zeigten. Natürlich hatte sie die Polizei informiert und Anzeige gegen unbekannt gestellt, doch selbst wenn die Täter gefunden worden wären, es hätte sich nichts geändert. Der Hass, er hatte sich in die Herzen der Menschen gefressen und ließ nicht mehr los. Was nur konnte sie noch tun? Welche Worte könnten die Jugendlichen noch erreichen? Morgen schon war der Workshop in der Schule, sie fühlte sich nur noch kraftlos und ausgelaugt.

Dann, die Abenddämmerung lag schon über dem Mossautal, war sie einem inneren Bedürfnis folgend, nach Stunden der Ratlosigkeit an ihrem PC, plötzlich aufgesprungen, hatte ihre alte englische Wachsjacke ergriffen und sich hinaus begeben in die bereits nach Frühling duftende, frische Luft. Tief durchatmend stand sie nun nach einer kurzen Wanderung oberhalb von ihrem kleinen Dorf, in das im Sommer auch regelmäßig Touristen in die ortsansässigen Gasthäuser einkehrten oder auch das regional bekannte Freibad besuchten. Hier oben konnte sie fühlen, wie der Stress langsam von ihr abglitt. Von hier oben sah alles so friedlich aus. Erste Frühlingsblüher streckten bereits ihre Köpfe durch das braune abgestorbene Gras, ein ewiger Kreislauf von Tod und Leben. Hier in der Naturlandschaft des Odenwaldes war der Wandel der Jahreszeiten für jeden mit allen Sinnen erlebbar. Eine alte schiefe Holzbank lud sie zum Ausruhen ein. So sehr sie den Moment genoss, innerlich spürte sie den Druck, morgen in ihrem Ehrenamt funktionieren zu müssen. Im Notfall könnte sie auch absagen, immerhin war diese ganze Tätigkeit freiwillig. Nur ihr eigenes Gewissen und eine Art Pflichtgefühl drängten sie, nicht aufzugeben, oder war es einfach nur die Empathie mit Menschen und deren Schicksalen oder ihr Wunsch, die Welt ein bisschen gerechter und besser zu gestalten? Sie blieb noch eine Weile und genoss den Moment. Bevor die Dämmerung das Tal in ein dunkles Nachtblau tauchen würde, machte sie sich auf den Rückweg zu ihrem Kleinod, ihr Refugium, ihrem Häuschen.

Der Morgen zeigte sich in erster schönster Frühlingsstimmung. Die B460 war kaum befahren zu dieser frühen Tageszeit. Ab und zu überholte sie einen Traktor. Als sie ein Waldstück passierte, blitze hier und da ein orangener Sonnenstrahl durch die dunklen Baumskelette, noch hatte das erste Grün es nicht bis in die Baumkronen geschafft. Die Nächte an der Bergstraße waren noch kühl und es würde noch eine Weile dauern, bis sich der Wald in seiner vollen, grünen Pracht zeigen würde. Bis Erbach war es nicht weit. Ihr war mulmig zu Mute. Die Bilder der letzten Nacht in den Nachrichtensendern hatten eine weitere Eskalation des Konfliktes im Nahen Osten bestätigt, die UN hatte ein Ende der Gewalt gefordert und sah Anzeichen von Kriegsverbrechen gegen die Bevölkerung. Es würde nicht einfach werden.

Später dann, die Zehntklässler hatten sich fast alle positioniert in das eine oder andere Lager, sah sie ihre Befürchtungen bestätigt. Hatten die Schülerinnen und Schüler zu Beginn noch auf ihre gemeinsam aufgestellten Kommunikationsregeln geachtet, näherte sich mit zunehmendem Verlauf das Ganze dem Chaos. Der Ton war immer rauer, lauter geworden. Wenige nur saßen noch auf den Stühlen, Drohgebärden und angespannte Körper erfüllten nun den Raum, sie konnte den Schweiß und die Aggressivität regelrecht riechen. Die Lehrerin an ihrer Seite hatte längst aufgegeben und flüsterte ihr nun zum wiederholten Male zu: „Wir müssen abbrechen!" Doch so schnell hatte sie nicht aufgeben wollen. Und plötzlich war es wieder da, dieses Wort „Judenhure". Der Lärm erstarb so plötzlich wie das Wort gerufen worden war und dann gab auch sie auf: Abbruch!

Sie war froh, wieder den Heimweg antreten zu können. Sie würde sich einen heißen Tee zubereiten, sich in ihren Lehnstuhl ans Kaminfeuer setzen und hinaus auf die Apfelbäume blicken.

Nachricht Odenwälder Bote vom 17.3.2024

Gestern am späten Nachmittag verunglückte die durch ihr ehrenamtliches Engagement bekannte Frau S. mit ihrem PKW kurz vor Güttersbach. Der Wagen überschlug sich und landete im Staubecken Marbach. Nur durch Zufall war der Vorgang von einem Landwirt beobachtet worden, der sogleich die Rettungskräfte alarmierte. Die Freiwillige Feuerwehr Hüttenthal war mit ihren vier Fahrzeugen schnell vor Ort. Sie wurde im weiteren Verlauf von der Feuerwehr aus Michelstadt unterstützt. Die Frau konnte schwer verletzt aus dem bereits teilweise gesunkenen Fahrzeug geborgen werden. Sie wurde mit einem Rettungshubschrauber in die Uniklinik nach Frankfurt geflogen. Es besteht nach wie vor Lebensgefahr. Ursächlich für den Unfall waren zwei Räder, die sich gelöst und das Fahrzeug in voller Geschwindigkeit zum Schleudern gebracht hatten. Die Polizeidirektion in Erbach ist eingeschaltet, ein technischer Defekt wurde bereits ausgeschlossen, es wird Fremdeinwirkung vermutet.

Killer im Ehrenamt

Michael Schmitt (Oberzent)

Sie war tot, von einem Moment zum anderen ausgelöscht. Im ersten Moment war es ihm noch wie eine beiläufige Handlung vorgekommen. Nichts, was für ihn eine besondere Bedeutung gehabt hätte. Doch nun kroch ihm dieser Gedanke aus irgendeiner verstaubten Ecke seines Verstandes langsam ins Bewusstsein. Ausgelöscht, ja das traf es exakt. 'Like a candle in the wind' hatte Elton John gesungen. Mehr war es für ihn auch nicht gewesen. Er dachte kurz daran, dass man darauf kommen könnte, dass er der Verantwortliche war. Doch es war völlig ausgeschlossen, dass irgendjemand überhaupt von der Tat Kenntnis erlangen würde, solange er selber nicht den entscheidenden Schritt dafür tat. Seine Bedenken saßen tiefer, irgendwo unter einem großen Haufen von erlernten gesellschaftlichen Konventionen und Ressentiments, die das Töten von anderen Personen grundsätzlich als nicht schicklich erscheinen ließen. Er ließ es zu, dass dieser Gedankengang ihn einzunehmen begann. Wahrscheinlich war es die Müdigkeit einer durchwachten Nacht, die bewirkte, dass er gegenüber diesen Zweifeln schwach wurde. So schlief er in seinem Sessel sitzend ein.

Rrrrrrrrring, rrrrrrrrrrring, rrrrrrrrrrrring – er war sofort hellwach. Der schnarrende, bis ins Mark dringende Ton der Türklingel ließ ihn aus seinem Schreibtischsessel aufspringen. Die Uhr auf dem Schreibtisch zeigte 5 Uhr früh. Sein Puls schlug ihm noch immer bis zum Hals, als er sich fragte, wer um diese unmögliche Zeit vor seiner Tür stand. Rrrrrrrrrrring, rrrrrrrrrrrring, rrrrrrrrrring – der ungebetene Besucher ließ nicht locker.
Er ging langsam zur Wohnungstür und schaute durch den Türspion. Draußen stand ein Mann, doch er konnte nicht viel erkennen. Der Mann rief plötzlich und sehr laut: „Aufmachen, Polizei!" Dabei donnerte er kräftig mit den Fäusten gegen die Tür. „Polizei?", hörte er sich fragen. „Was zum Teufel wollen Sie um diese Zeit?" „Machen Sie sofort auf!", schrie es

von draußen. „Machen Sie doch nicht so einen Lärm. Sie wecken ja das ganze Haus auf", rief er zurück.

Er öffnete die Tür, soweit es die Sicherungskette zuließ. Er blickte in den Hausflur, doch dort ging im selben Moment das Flurlicht aus. Der Zeitschalter war schon immer sehr kurz eingestellt. „Mensch, Kaufmann, schalte doch das Licht an!", rief der Mann draußen. Kurz darauf wurde das Licht wieder eingeschaltet. Vor ihm stand ein Mann um die Fünfzig in gewöhnlicher Straßenkleidung. Er hielt eine ovale Metallplakette hoch. Auf der Marke war das Wort – Kriminalpolizei – zu lesen. Während der Mann die Plakette in seiner Hosentasche verschwinden ließ, sagte er in beiläufigem Ton. „Mein Name ist Ludwig, das ist mein Kollege Kaufmann. Wir kommen von der Kriminalinspektion Odenwald und ermitteln in einem Todesfall. Wir müssen deswegen dringend mit ihnen sprechen."

In seinem Kopf liefen die Gedankengänge sehr gradlinig und ohne jede Panik ab. Sie konnten noch keine Kenntnis von dem Verbrechen haben. Es musste sich also um irgendeinen verrückten Zufall oder eine Verwechslung handeln.

„So eine Marke kann sich jeder machen lassen. Zeigen Sie mir bitte Ihren Dienstausweis", erwiderte er, ohne jede Unsicherheit in der Stimme. Draußen ging schon wieder das Licht aus. „Kaufmann!", rief der Mann. „Ich sehe nichts." Als das Licht wieder anging, kramte Ludwig aus seiner Jacke den Ausweis mit Foto hervor. Nun ließ er die beiden Beamten herein. Kaufmann war schätzungsweise zwischen 30 und 40 Jahre alt. Während Ludwig einen deutlichen Bauchansatz hatte, war Kaufmann hager und einen halben Kopf größer als sein Kollege.

Er führte sie in sein Büro und bot ihnen Platz an. Kaufmann lehnte ab. Er wolle lieber stehen bleiben. Ludwig setzte sich auf den angebotenen Sessel.

Er nahm hinter seinem Schreibtisch Platz: „Nun meine Herren, jetzt sagen Sie mir bitte, warum Sie mich um diese Zeit aufsuchen." „Wie schon gesagt, es handelt sich um einen Todesfall", sagte Ludwig. „Aber keine Sorge, es ist niemand aus Ihrer Familie." „Das beruhigt mich etwas, doch die Art Ihres Erscheinens kommt mir so ungewöhnlich vor, dass ich nicht weiß, was ich davon halten soll", antwortete er, im sicheren Bewusstsein, die Situation im Griff zu haben.

Ludwig richtete sich im Sessel etwas auf, als er sagte: „Wir wissen, dass Sie es getan haben." Dieser Satz blieb im Raum stehen, als ob es sich um eine unverbrüchliche Wahrheit, ein Naturgesetz handeln würde, das keinen Widerspruch zuließ.

„Wie kann das möglich sein?", schoss es ihm durch den Kopf. Um die entlarvende Stille zu durchbrechen, die seine Schuld offenbarte je länger sie andauerte, sagte er mit unsicherer Stimme und etwas zu laut: „Was soll ich getan haben? Sie kommen hier an und beschuldigen mich."

„Selbstverständlich müssen Sie sich als Beschuldigter nicht zur Tat einlassen", sagte Ludwig.

„Sie können sich jederzeit einen Verteidiger wählen der Ihre Interessen vertreten wird. Das würde ich Ihnen unter diesen Umständen auch dringend empfehlen."

„Mein Gott, was soll ich denn getan haben!", schrie er, jetzt nicht mehr verunsichert, sondern im Bewusstsein, dass ihn nun nichts mehr retten würde. „Ich habe nichts getan! Sie haben nichts in der Hand! Machen Sie sofort, dass Sie hier rauskommen!", schrie er die Beamten an, um damit eine letzte klägliche Offensive zu starten.

Kaufmann, der die ganze Zeit schräg hinter Ludwig gestanden hatte, bückte sich plötzlich und fischte ein zerknülltes Blatt Papier aus dem Papierkorb. „Was haben wir denn da!", rief er triumphierend. „Schau dir das mal an", sagte er zu seinem Kollegen und reichte ihm das Blatt. „Der Kerl hat den Mord in allen Einzelheiten aufgeschrieben." Nachdem Ludwig den Text kurz überlesen hatte, sagte er in lautem bestimmtem Tonfall: „Sie sind festgenommen, wegen dringendem Verdacht des Mordes."

Jetzt konnte er sich nicht mehr zurückhalten. Es war wie ein Dammbruch. Keine geordneten Gedanken mehr. Alles sprudelte aus ihm heraus. Es war ja alles gar nicht seine Idee. Er hatte eine Frau getroffen, in Beerfelden war es gewesen, da waren auch noch andere dabei. Diese Frau hatte gesagt, dass alle Anwesenden sich mal Gedanken über die Begehung einer Straftat machen sollten. Nicht zwangsläufig ein Mord, doch nach ihrer Ausdrucksweise hatte sie einen solchen scheinbar bevorzugt. So war er überhaupt auf diese Idee gekommen. „Also ein Auftragsmord", konstatierte Kaufmann aus dem Hintergrund. „Was haben Sie denn dafür bekommen?" „Sie hat gesagt, dass sich alles um ein Ehrenamt drehen würde", sagte er, mit dem Wissen, dass seine Glaubwürdigkeit nun endgültig dahin sei. „Also ein Killer im Ehrenamt", sagte Kaufmann. „Das hatten wir auch noch nicht."

„Nein!", schrie er, jetzt vollends in Panik. „Ich habe überhaupt nichts getan. Das ist doch alles nur erfunden." „Nur erfunden?", fragte Ludwig. „Und wie kommt dann die Leiche dieser Frau auf den Erbacher Marktplatz?" „Ha", schrie er jetzt im Triumph. „Die ist gar nicht auf dem...", der Rest des Satzes blieb ihm im Halse stecken. „Ach nein", sagte Ludwig mit eiskalter Ruhe. „Wo ist sie denn?"

Ludwig stand ruckartig auf und trat hinter den Schreibtisch. Dort baute er sich vor ihm auf, der nun wie ein Häufchen Elend auf seinem Schreibtischstuhl saß. Er packte ihn mit beiden Händen am Kragen und hob ihn scheinbar mühelos hoch. Dabei schrie er, in einer Aggressivität, die man ihm zuvor nicht zugetraut hätte: „Du bist hiermit festgenommen wegen Mordes und deswegen wirst du nicht nur im Gefängnis, sondern auch in der Hölle schmoren."

Ludwigs Hände entwickelten einen solchen Druck, dass ihm die Luft ausging und er das Gefühl hatte, zu ersticken. Er wollte etwas rufen, brachte aber keinen Ton heraus. Er wollte sich wehren, doch seine Arme und Beine waren wie aus Blei und gehorchten ihm nicht mehr.

So wollte er nicht enden. Mit einem letzten verzweifelten Aufbäumen kam er hoch und ...*erwachte* hinter seinem Schreibtisch.

Am Hals fühlte er noch den eisernen Griff des Kriminalbeamten und er rang nach Luft. Als er sich etwas erholt hatte, blickte er auf die Schreibtischplatte. Dort lag noch das ausgedruckte und jetzt ziemlich zerknüllte Manuskript des Mordes an einer jungen Frau. Er hatte es am Vorabend innerhalb von ein paar Stunden niedergeschrieben und war dann über dem Korrekturlesen eingeschlafen. Eigentlich hatte er vorgehabt, das Manuskript beim Krimiwettbewerb des Odenwaldkreises einzureichen. Die Kulturreferentin des Odenwaldkreises hatte auf einer Sitzung des Oberzenter Kulturausschusses für den Krimiwettbewerb geworben. Laut der Ausschreibung „müssen die Krimis die Verübung und/oder Aufklärung einer oder mehrerer Straftaten beinhalten." Er stellte sich nun die Frage, ob es sich hierbei tatsächlich um eine ausgedachte Straftat handelte.

Meine Antwort wäre: „Die wahren Verbrechen geschehen in unserem Kopf." Ob er das Manuskript tatsächlich eingereicht hat, darüber fehlen mir leider die Informationen. Schließlich kenne ich ihn nur flüchtig. Vielleicht kann ja die Jury dazu Auskunft geben.

So ein Zufall

Sabine Schrauder

"Wir brauchen einen Plan."
Köster raufte sich die Haare und nicht zum ersten Mal dachte Friederike, dass er so noch mehr einem Waldschrat ähnelte. Er wohnte am Waldrand in einem winzigen Häuschen, das wie durch ein Wunder jeder städtischen Vereinnahmung entwischt war. Den dort selbst gebrannten Birnenschnaps füllte der gute Köster in schlanken Fläschchen ab, die bei keiner Razzia gefunden wurden. Sie ärgerte sich, wie perfekt der Alte überall vernetzt war und Gönner hatte, während sie sich abstrampeln musste. Die Parteizentrale hatte ihr klar zu verstehen gegeben, dass ihr der ehrenhafte Weg blieb, den Job von der Pike auf zu lernen, außerdem wäre sie doch aus der Gegend. Nur weil sie ihre Kindheit auf der Juhöhe verbracht hatte. Pah!

Sie war ehrgeizig und jung. Ihr Amt beim Kulturausschuss von Unterfischershüttenbach von hoffentlich kurzer Dauer und ihr kometenhafter Aufstieg nur eine Frage der Zeit. Strategien musste sie entwerfen und anwenden. In der ersten hatte sie den Kulturwettbewerb ‚Kunst und Literatur' ins Leben rufen lassen. Ein zugegebenermaßen langweiliger Slogan, aus Zeitnot geboren. Denn mit ätzendem Neid hatte sie verfolgt, wie das verhasste Erbach seinen Krimiwettbewerb Jahr für Jahr zelebrierte, von allen wohlgesinnten Medien begleitet und von vielen Unternehmen großzügig unterstützt.
Wütend ballte sie die Hände unter dem Tisch. Keiner sollte ihr die starken Emotionen anmerken, wenn Neid und Missgunst an ihr nagten und sie sich extrem anstrengen musste, um ihre Mimik unter Kontrolle zu halten. Dieser erste Wettbewerb ihres Stadtrates musste ein Erfolg werden!
"Nein! Taten." Sie legte eine Kunstpause ein. "Die brauchen wir."

Dem nervigen Getuschel hatte sie damit ein Ende bereitet. Alle glotzten sie an. Plötzlich wurde die Tür aufgerissen.

"Tschuldigung", nuschelte Erik. Betreten sah er sich um. "Ihr wisst es noch gar nicht?"

"Was?", fragte Friederike ungehalten.

"Der Unfall. Auf der B45, bei Schönnen."

Friederike war genervt. "Okay, es gab einen Unfall. Schade. Aber konzentrieren wir uns wieder auf…"

"Du verstehst nicht…", setzte Erik an. Sie wollte ihm schon über den Mund fahren. Er wusste genau, dass er sie nicht duzen sollte!

"Ich kam gerade vorbei und erkannte im Rettungswagen meine Kollegen. Da hielt ich an. Aber es war nichts mehr zu machen."

"Wir müssen weitermachen", erklärte Friederike trocken.

"Warte doch", nuschelte Erik beleidigt. "Sie ist tot."

Aufgewühlt fragte Anne: "Wer?"

"Na, die Tusse von der Stadtbücherei."

Verständnislos blickte Friederike von einem zum anderen. Was ging hier vor? Außerdem, was für ein beleidigender Ausdruck für eine Frau. Die anderen verstanden jedoch sehr wohl und ihre feministischen, stets so korrekten Mitstreiterinnen stießen sich nicht an dem Schimpfwort.

Anne schaltete als Erste: "Die Ehrenamtliche? Die Pressesprecherin vom Odenwaldkrimi?"

"Genau." Erik nickte so heftig, dass ihm die Brille von der Nase rutschte. "Ich erkannte deren Auto, hat so einen Golf wie ich, nur eben mit dem blöden Aufkleber Odenwaldkreis - Wir sind Krimi!!! und den drei idiotischen Ausrufezeichen.

"Ein grüner Golf", sagte Friederike mehr zu sich selbst.

"Genau." Wieder nickte Erik heftig. "Der lag da in der Mümling. Der Sani, Kollege von mir, sagte, die Fahrerin sei tot."

Erschrocken erinnerte sich Friederike an die Herfahrt, wie immer hatte sie es eilig gehabt. Und dann auf dieser blöden schmalspurigen Bundesstraße vor ihr dieses doofe Auto, ein grüner Golf. Den hätte sie in der Kurve nicht überholen sollen, aber sie war eine Karrierefrau und ließ sich nicht von kriechenden Wagen aufhalten. Es war knapp gewesen. Aber eben knapp, nicht einmal gestreift hatte sie die langsame Karre. Ins Schleudern geraten war die schon, aber nach der nächsten

Kurve hatte sie nichts mehr im Rückspiegel gesehen. Auf keinen Fall hatte sie irgendeine Schuld. Wahrscheinlich hatte die Fahrerin mit dem Handy gespielt.

"Das ist jetzt schon der zweite in einer Woche", meldete sich Sascha. Sascha war ihre Schriftführerin, sie musste also Bescheid wissen. "Letzte Woche hatte doch der andere Ehrenamtliche… "

"Nein, nein, nein." Heftig schüttelte Anne den Kopf. "Der sogenannte Herzschlag wird mittlerweile angezweifelt."

"Ach was", entfuhr es Köster.

"Ja, ja, ja", bestätigte Anne. "Man, also die Polizei, ermittelt gegen die Witwe. Die Familie von dem Alten hat sie unter Verdacht, dass sie nur sein Geld erschleichen wollte."

Erik pfiff leise durch die Zähne. "Na, die in Erbach brauchen echt keine Krimis mehr, so wie es bei denen abgeht", bemerkte er trocken. "Wir müssen nur abwarten. Es ist nur noch einer übrig. Der letzte Ehrenamtliche, der für die ganze Ausrichtung des Preisabends verantwortlich ist. Vielleicht passiert dem auch noch was."

"Warum haben die drei Leute und wir nur einen?", empörte sich Friederike.

"Das ist doch offensichtlich. Der Erfolg, die werden tot geworfen… sorry für den Ausdruck… von Beiträgen. Aus In- und Ausland kommen die, sogar aus Mallorca. Die ganzen Texte müssen ja gelesen werden und so", erklärte Anne.

"Was machen wir jetzt?", wollte Köster wissen. Als die anderen ihn verständnislos anstarrten, ergänzte er: "Na, wenn die wie die Fliegen sterben, wird das nix mit dem diesjährigen Wettbewerb."

"Toll, dann kommen die Leute vielleicht zu uns", rieb sich Erik die Hände.

"Ach, die finden schon andere Freiwillige", warf Sascha ein.

"Nicht, wenn die Leute denken, sie spielen mit ihrem Leben", überlegte Anne laut.

"Das wäre eine Idee… Wenn wir so eine Art Gerücht streuen…" Friederike bekam endlich wieder gute Laune.

Diese Erbacher waren ihr ein arger Dorn im Auge. Das Unglück der Feinde zum eigenen Vorteil nutzen, bereitete ihr überhaupt kein schlechtes Gewissen. Das Leben war schließlich ein Geben und Nehmen.

Der andere Gedanke, der ihr im Kopf herum spukte, war dagegen nicht opportunistisch, sondern eindeutig kriminell.

"Wer ist denn der Letzte von dieser Truppe?", wollte sie wissen.

"Der Metzger. Also der heißt so und ist es auch."

Friederike überlegte, wie man diesen unliebsamen Zeitgenossen aus dem Weg räumen könnte.

Erik lachte hellauf. "Na, das wär doch'n Ding, wenn der Metzger erschossen würde. Jagdunfall. Der ist doch im Schützenverein."

"Oder er wird von diesen Ökotierschützern oder so…"

"Tierschützer schützen Tiere und killen dann den Fleischer? Das ist doch viel zu extrem", urteilte Köster empört.

"Extremisten gibt es überall", mopste sich Anne.

Man wollte die Reaktion der Erbacher abwarten und vertagte die Sitzung.

Froh gelaunt ging Friederike zu ihrem Wagen. Nirgends hatte der einen Kratzer, nichts, was sie mit dem verunglückten Golf in Verbindung brächte. Das beruhigte sie. Guter Laune war sie jedoch wegen Annes Anmerkung, dass Metzger herzkrank sei. Ein großer Schrecken würde genügen, um dessen krankes Herz und den Erbacher Krimiwettbewerb zum Erliegen zu bringen. Vielleicht gelang ihr das am Katzenbuckel, wo er des Öfteren herum stiefelte.

Das Lenkrad in der Linken, das Handy in der Rechten scrollte sie sich durch diverse Profile und Fotos. Was für ein Selbstdarstellungseifer überall, fand sie. Metzger hatte sein mickriges Ehrenamt für alle möglichen Fotocalls genutzt. Neidlos musste sie zugeben, dass er das wirklich gut machte. Ein echter Profi. Schade, dass er im falschen Club spielte und bald sterben würde, dachte sie wehmütig. Ein lautes Klingeln erschreckte sie so sehr, dass ihr das Handy aus der Hand glitt und zwischen ihren Füßen und den Pedalen landete. Mist! Das Klingeln verstummte, setzte aber sofort wieder ein. Genervt fummelte sie mit einer Hand auf dem Boden herum, nachdem sie den Gurt gelöst hatte. "Mist!", fluchte sie laut. Plötzlich wurde ihr mulmig. War das etwa Silvana? Das hatte sie ihr strengstens verboten. Damals, nur zum Spaß hatte sie ihr geraten, ihrem zuckerkranken Mann die Dosis zu erhöhen oder das Insulin durch Wasser zu ersetzen. Nur weil Silvana ihr die Ohren vollgeheult hatte, was für ein Schuft ihr Mann sei. Das war nur ein Witz gewesen, wenn auch ein bisschen geschmacklos. Aber jetzt war Silvana Witwe, gegen die die Polizei ermittelte.

Das Telefon klingelte weiter. Wütend schlug sie aufs Lenkrad. Und wenn es gar nicht Silvana war, sondern die Polizei? Sie musste diesen Anruf entgegennehmen! Koste es, was es wolle! Wenn sie nur für eine Nanosekunde in den Fußraum tauchen würde, könnte sie es schnappen. Endlich erwischte sie den Apparat. "Hallo."
"Wir möchten Ihnen einen neuen Telefontarif…" Dann hörte Friederike ein Krachen.

Der Fahrer kniete neben seinem Transporter, wo er sich übergeben hatte. Der Sanitäter nahm die beiden Polizisten beiseite. "Er steht noch unter Schock. Der PKW sei plötzlich ausgeschert, auf seine Spur gekommen und kurz vor ihm die Böschung hinuntergekracht, wo er dann in Flammen aufging." Alle schüttelten den Kopf. Die Feuerwehr war noch mit den Löscharbeiten beschäftigt. "Schade um die ganzen Poster vom Odenwaldkrimi, die der Transporter beim Ausweichmanöver verlor", ergänzte er.

Der Pirat

Thomas Seifert (Bad König)

Es klopfte an der Haustür. Koolhasse hatte die elektrische Klingel schon vor einigen Jahren abgestellt. Besucher empfing er auch schon länger nur selten, eigentlich nie. Seine Tage verbrachte er an seinem Schreibtisch im Ausländeramt, in seiner Freizeit trainierte er junge Asylbewerber auf dem Bad Königer Sportplatz. Von seinen Freunden und Bekannten hatte er sich zurückgezogen. Die hatten nicht verstanden, dass ihre besorgten Nachfragen nach seinem Befinden ihn nur an seine Leidenszeit erinnern mussten.

Als er öffnete, stellte sich der Besucher wie erwartet als Kommissar Schlander vor. Schlander hatte am Tag zuvor angerufen und um ein Gespräch gebeten.
„Vor drei Tagen wurde am Mümlinghäuschen in Bad König die Leiche eines Asylbewerbers aus Somalia gefunden", eröffnete Schlander, der es sich in einem Sessel bequem gemacht hatte, das Gespräch. „Es stand ja schon in den Zeitungen, dass der junge Mann erstochen wurde. Vieles spricht natürlich für eine ausländerfeindliche Tat, aber manchmal kommt es auch in der Asylantenunterkunft zu Auseinandersetzungen. Das muss ich Ihnen aber nicht erzählen, als Mitarbeiter des Ausländeramtes wissen Sie Bescheid."
Koolhasse hatte sich inzwischen ebenfalls gesetzt. In dem großen Sofa versank er fast.
„Wir haben erfahren", fuhr Schlander fort, „dass Sie in Ihrer Freizeit mit Flüchtlingen Fußball trainieren. Da müsste Ihnen auch dieser Osman Kenadid begegnet sein, also der Getötete. Können Sie mir zu dem etwas sagen, ist Ihnen vielleicht etwas aufgefallen? Hatte er mit anderen Flüchtlingen Streit? Oder wissen Sie sonst etwas über ihn?"
Koolhasse schüttelte den Kopf. „Ich fürchte, ich kann Ihnen da nicht weiterhelfen. Die Teilnehmer beim Fußballtraining wechseln oft. Da vergisst man ihre Namen gleich wieder. Osama, und wie weiter? Nein, das sagt mir nichts."

Schlander bemerkte die Schweißtropfen auf der Stirn seines Gastgebers. Koolhasse sah den Blick und hüstelte. „Eine hartnäckige Erkältung. Ich fühle mich seit ein paar Tagen gar nicht gut."

Schlander nickte verständnisvoll. „Man sieht es Ihnen an. Aber wenn ich Ihnen den Mann beschreibe, fällt Ihnen vielleicht doch noch was ein. Osman, nicht Osama, war Mitte zwanzig, sah aber viel jünger aus, ein Gesicht fast wie ein Bübchen. Er war sehr hager, fast dürr, und ziemlich groß."

Koolhasse schüttelte wieder den Kopf. „Ich habe die Jungs nur einmal in der Woche gesehen, eine, höchstens zwei Stunden, und nur auf dem Sportplatz. Danach sind die immer gleich verschwunden. Es ging eigentlich immer nur darum, die Leute zu beschäftigen, ihnen die Langeweile auszutreiben, damit sie nicht auf dumme Gedanken kommen. Na, Sie wissen ja auch, wie das ist. Junge Leute eben. Ich trainiere die nur ehrenamtlich. Da muss man sich über die einzelnen Jungs keine großen Gedanken machen." Schlander brummte nur, was Koolhasse als Zustimmung sah. Er stand unvermittelt auf. „Ich bin ein schlechter Gastgeber. Kann ich Ihnen einen Kaffee oder ein Wasser anbieten? Oder soll ich schnell einen Tee aufbrühen?"

Schlander nickte freundlich: „Wäre nett. Kaffee ist gut."

Koolhasse verließ das Wohnzimmer. Schlander war ebenfalls aufgestanden. Er betrachtete die Fotogalerie, mit der eine Wand des Raumes zur Hälfte bedeckt war. Mehrere Fotos zeigten seinen Gastgeber in einer Uniform an Deck eines größeren Schiffes, mal an der Reling stehend, aber auch bei Arbeiten.

Als Koolhasse den Raum mit einem Tablett betrat, auf dem eine Kanne, Tassen und eine Schale mit Gebäck angeordnet waren, nahm Schlander wieder Platz. Fasziniert starrte er auf das Schaumstoffröllchen am Ausguss der Kanne, das hatte er seit Jahren nicht mehr gesehen. „Sind Sie mal zur See gefahren? Ich habe die Fotos da an der Wand gesehen."

Koolhasse schenkte Kaffee in die Tassen und deutete auf die Schale mit den Plätzchen. „Bedienen Sie sich, Herr Schlander, es ist genug da." Dann ließ er sich wieder in das Sofa sinken. „Das ist schon einige Jahre her. Ich war Ingenieur auf einem Frachtschiff. Das hatte übrigens den schönen Namen ‚Odenwald', da konnte ich mich gleich heimisch fühlen. Ich bin ganz schön rumgekommen, aber dann hat die Gesundheit nicht mehr mitgespielt."

„Wo waren Sie denn so unterwegs?", wollte Schlander wissen, fuhr aber dann gleich fort. „Sind Sie mal im Golf von Aden gewesen? Stellen Sie sich vor, dieser Osman Kenadid soll einer von den Piraten gewesen sein, die Tanker und Frachtschiffe überfallen und die Besatzungen als Geiseln nehmen. Da werden enorme Geldbeträge erpresst. Die Fingerabdrücke des Toten stimmen jedenfalls mit Abdrücken überein, die auf mehreren gekaperten Schiffen gesichert werden konnten."

Koolhasse schob die Schale mit dem Gebäck näher zu dem Polizeibeamten. „Greifen Sie doch zu. Die sind ganz frisch."

Schlander deutete auf seinen Bauch. „Ich muss mich zurückhalten. Aber die sehen wirklich lecker aus. Hat die Ihre Frau gebacken?"

Koolhasse schüttelte den Kopf, er schien verlegen zu sein. „Ich bin seit einigen Jahren allein."

Nun griff Schlander doch nach dem Gebäck. „Naja, wir können uns hier ja alles kaufen. Wissen Sie, wenn man erfährt, in welch bedrückenden Verhältnissen die Menschen am Horn von Afrika und in Somalia leben, kann man fast verstehen, dass die zu solchen rabiaten Methoden greifen und Schiffe entführen. Die wollen eben auch ihren Anteil am Reichtum der Welt abbekommen. Vor allem die jungen Leute haben dort keine Perspektive. Brennholz sammeln und verkaufen, aber damit kann man keine Familie ernähren, und die Landwirtschaft bringt in der Trockenheit auch keine Ernte, von der man leben kann. Schlimme Verhältnisse, wirklich! Da ist der Schritt zur Piraterie schnell getan."

Schlander machte eine kleine Pause, dann fuhr er fort: „Das ist gewiss nicht angenehm, über Monate von Piraten gefangen gehalten zu werden. Aber da unten scheint ja meistens die Sonne. Sonne, Wärme, das blaue Meer, man liegt auf dem Deck unter einem Sonnensegel und hat nichts zu tun ... So schlimm kann die Geiselhaft eigentlich nicht sein!"

Unter gesenkten Lidern beobachtete Schlander seinen Gastgeber. Der hatte sich bei den letzten Worten Schlanders versteift. Sein Gesicht war erst bleich geworden, dann war es plötzlich rot angelaufen. Nun platzte es aus ihm heraus: „Sie wissen ja gar nicht, wovon Sie reden. Da kommen fünf, sechs Leute in einem Motorboot auf Ihr Schiff zu, es tritt das ein, wovor Sie sich schon seit Stunden gefürchtet haben, der Kapitän lässt den Pott Wellenlinien fahren, weil er hofft, das Boot der Piraten zum Kentern zu bringen, aber das Schiff ist mit der schweren Ladung viel zu langsam, und in Nullkommanichts sind die Piraten an Deck, ballern mit ihren Kalaschnikows herum, der Kapitän wird niedergeschlagen, auch die Besatzung bekommt ihr Fett ab, alle haben Angst, aber das ist noch gar nichts im Vergleich zu den Torturen, die folgen. Die Trinkwasservorräte und die Energie zur Wasseraufbereitung gehen allmählich zu Ende, aber das halten die ach so armen Piraten für Sabotage, also quälen sie die Besatzung." Koolhasses Stimme wurde jetzt schrill. „Gehungert haben wir, aber das war noch gar nichts. Die haben mir Kabelbinder um die Hoden und den Penis gelegt, ich konnte tagelang nur mit Schmerzen Wasser lassen und musste zusammengeschnürt wie ein Päckchen auf dem harten Kajütenboden liegen, und Sie erzählen hier etwas von der Sonne an Deck! Wochenlang hat die Reederei die Gangster hingehalten und versucht, das Lösegeld herunterzuhandeln, während wir um unser Leben fürchten mussten. Als ich endlich wieder an Land und in den Odenwald kam, hat meine Frau mich nach einem halben Jahr verlassen. Unerträglich sei es mit mir und meinem Gejammer, hat sie gesagt. Als hätte ich mir das ausgesucht!"
Koolhasse hatte sich in Rage geredet. Die Erinnerung hatte ihn übermannt und vergessen lassen, dass ihm ein Kriminalbeamter gegenübersaß, der in einem Mordfall ermittelte. Der ergriff nun das Wort:
„Und als der Asylbewerber Osman Kenadid plötzlich beim Fußballtraining auftauchte, haben Sie Ihren Folterknecht sofort erkannt. Der Kerl ist jetzt in Deutschland und will sich hier zur Ruhe setzen! Das kann man doch nicht zulassen! Da wussten Sie, was zu tun war. Sie mussten Ihren Peiniger ja nur

nach dem Training unter einem Vorwand zum Mümlinghäus-chen locken. Haben Sie dem Somalier versprochen, ihm mal die Bad Königer Biberburg zu zeigen?", Schlander wurde jetzt sarkastisch; er hatte sein Ziel wider Erwarten schnell erreicht.

„Auf die Idee, dass wir von Kenadids Vorleben erfahren und uns nach möglichen Opfern seiner Taten umsehen und eines auch noch in Bad König finden würden, darauf scheinen Sie nicht gekommen zu sein?!"

Schlander wurde jetzt wieder ganz förmlich und betrachtete den in seinem Sofa fast versunkenen und schluchzenden Mann.

„Erleichtern Sie Ihr Gewissen, Herr Koolhasse. Man wird Ihr Martyrium bei der Urteilsfindung bestimmt berücksichtigen."

Dann schritt er zu Tür, öffnete und ließ zwei uniformierte Kollegen eintreten.

Hausaufgaben

Tatjana Stöckler

Zwei Stunden. Länger konnten Nebennieren kein Adrenalin ausschütten. Länger konnte man keine Angst empfinden. Waren es schon zwei Stunden, die Lea im Schrank steckte? Noch immer empfand sie Angst, hörte Leute auf der anderen Seite der Schranktür, fürchtete, jemand risse sie auf.

Dabei hatte alles so harmlos angefangen. Ein Kind, Goro aus einem Balkanstaat, brauchte Hilfe bei den Hausaufgaben. Es reichte nicht die Nachmittagsbetreuung in der Grundschule Mossautal, bei der eine Aufsicht im Klassenzimmer auf und ab taperte. Goro beherrschte nicht die Sprache – Goro nicht und seine Eltern auch nicht. Da der Vater arbeitete, kümmerte sich von Rechts wegen niemand um die Kinder.

Also erkoren die Mitarbeiter der ehrenamtlichen Hausaufgabenhilfe Lea dazu, dem Jungen die Sprache beizubringen. Die Arbeit mit dem Jungen fiel beiden nicht schwer, sie hatten viel Spaß dabei. Goro lernte gerne, saugte das Wissen in sich auf wie ein Schwamm. So kam er gut in seiner Klasse zurecht und freute sich auf die Betreuung. Darum fiel es Lea sofort auf, als er am Montag nicht erschien. Entschuldigungen, wenn ein Kind krank wurde, waren nicht selbstverständlich und kein Grund, den Amtsschimmel zu reiten. Als Goro am Freitag noch immer nicht kam, machte Lea sich Sorgen.

„Außerhalb" stand im Klassenbuch. Besonders hilfreich empfand Lea das nicht. Zum Glück arbeitete eine Bekannte im Ordnungsamt, sodass sie auf den kleinen Amtsweg hoffte. Nach dem üblichen „dass man von dir mal wieder was hört" fragte Lea, wo sie dieses „Außerhalb" finden könne. Die Expertin murmelte etwas von Gewann und Flur, bis sie schließlich einen Triumphschrei ausstieß, der das Smartphone vibrieren ließ.

„Ober-Mossau", erklärte sie, gefolgt von einer Wegbeschreibung. Vor Leas Auge dämmerte eine mit Baumgruppen bestandene Hügellandschaft, Weiden, unterbrochen von Flachsfeldern. Das Wort „Altenheim" riss sie aus ihrer Träumerei.

„Nein, ein Junge. Goro. Es gibt noch weitere Kinder."

„Ja, die sind auch gemeldet", bestätigte die Amtfrau. „Genauso die Großeltern, Onkel, Tanten, Schwippschwäger … jede Menge Bewohner, hauptsächlich alte Leute, sogar eine über Hundertjährige! Nein, kein Altenheim, du hast recht. Dafür gäbe es Vorschriften und Behördenaufsicht. Wenn beliebige Leute beschließen, zusammen zu wohnen, geht das den Staat nichts an." Die Tastatur klapperte. „Scheint gesittet zuzugehen. Die Ordnungshüter halten dort keine Versammlungen ab."

„Also sollte ich mal vorbeischauen und nach dem kleinen Goro fragen?"

„Nur zu!"

Darauf hatte sich Lea verlassen. Tatsächlich fand sie ein Gehöft mit Stall und Scheune, weitab von jeder Verkehrsverbindung. Spontan spürte sie Sehnsucht nach dem einfachen Leben ohne Smartphone-Terror. Sie stellte ihr Auto am Rand eines Feldwegs ab und atmete den Duft von frisch gemähtem Gras ein. Hinter dem Hof grasten Kühe, eine Katze belauerte Schmetterlinge. Wie mochte es sein, in dieser Idylle aufzuwachsen?

Lea ging die letzten Schritte zu Fuß. Auf der Hälfte der Strecke überholte ein Elektroauto sie, viel zu schnell für den Feldweg, weshalb sie sich durch einen Sprung in Sicherheit brachte. Eine Plakette mit Äskulapschlange informierte sie, dass der Fahrer zum Gesundheitswesen gehörte. Anscheinend stand er so unter Stress, dass er sich nicht um Passanten kümmern konnte.

Der Wagen bog in den Hof ein – kein Wunder, denn die Straße führte nirgendwo sonst hin. Bis der Fahrer, bepackt mit Köfferchen und Klemmbrett, sich aus der Fahrertür schälte, war Lea heran und überlegte, wie sie sich beschweren sollte. Goros Mutter platzte aus der Haustür und vereitelte damit Leas Pläne. Ein Wortschwall überschüttete den Ankömmling, begleitet von ausgreifenden Gesten. Lea wollte sich bemerkbar machen, doch die Frau konzentrierte sich auf den Arzt. Das musste er sein, denn sie redete ihn mit Doktor an.

„Mal ganz langsam", unterbrach der Mann das Gezeter. „Ihre Tante ist also gestorben?"

Darum war Goro nicht in der Schule erschienen! Manche Traditionen erforderten, dass sich die gesamte Familie um das Totenbett versammelte. Ein schöner Gedanke, dass man nicht allein in einem Krankenhaus abkratzte, sondern seine Liebsten um sich hatte, die einen trösteten.

„Welche ist es denn?", fuhr der Arzt fort.

„Tante Agnes", entgegnete die Frau und zückte einen Stapel Papiere, gekrönt von einem roten Reisepass.

Der Mann sortierte die Dokumente auf der Motorhaube. „Neunzig Jahre", murmelte er. „In Ihrer Familie lebt man lange."

Goros Mutter lächelte. „Gute Gene", antwortete sie. Ob sie doch mehr Deutsch sprach, als sie vorgab?

„Einen Blick muss ich auf sie werfen", beendete der Arzt das Ausfüllen seiner Akten.

Erneut mit einem Monolog komplimentierte die Frau ihn in das Haus. Lea beschloss, sich dranzuhängen, obwohl sie mit keinem Blick begrüßt wurde, als ob sie unsichtbar sei.

Es roch nach Knoblauch, Kuhstall und Desinfektion, als sich die Haustür hinter ihnen schloss. Durch einen Flur ging es in ein erstaunlich großes Zimmer, in dem sich die gesamte Familie eingefunden hatte. Und wie viele gekommen waren! Jetzt begriff Lea die Bemerkung über das Altenheim. Dutzende von Greisen, die alle ähnlich aussahen, drehten sich um. Das Gemurmel erstarb, es öffnete sich eine Gasse zu einer Art Altar. Das Füßescharren löste Nebelwolken unter dem Altartuch, die auf Trockeneis hinwiesen. Aufgebahrt lag eine alte Frau im schwarzen Kleid, weiße Haare sorgfältig frisiert, Hände über der Brust gefaltet. Das totenbleiche Antlitz spiegelte Frieden wieder. Pietätvoll blieb Lea im Hintergrund.

„Mein Beileid", murmelte der Arzt. „Ich hatte doch gebeten, die Tote zu sehen, bevor sie für die Bestattung fertiggemacht ist. Wie soll ich so die Todesursache bescheinigen? Als Krankenschwester müssten Sie das wissen!"

Tränen zeichneten die Wange der Frau. „Aber man kann sie doch nicht so liegen lassen! Sie gehört zur Familie, muss gewaschen werden, den Segen bekommen ..."

„Ja, ja", kürzte der Arzt ab. „Das geht genauso, nachdem ich sie untersucht habe. Eigentlich müsste ich sie entkleiden. Wann ist sie denn gestorben? Wieder die Lunge?"

Er trat näher, berührte die Alte an der Wange, zog aber schnell die Hand zurück. „Beileid", wiederholte er, während er der Mutter die Formulare in die Hand drückte. „Ich könnte allein von den Leichenschauen leben, bei den vielen Leutchen, die hier sterben. Aber ich verstehe das, riesiger Familienclan, keine Zeit für die Alten ... da ist es hier auf dem Land großartig für den Lebensabend. Bei uns würde man die Alten ins Heim abschieben."

Lea entdeckte Goro an der Hinterwand des Raumes. Er sah nicht krank aus, war wohl nur wegen der Trauerfeier daheim geblieben. Der Junge beobachtete, wie der Arzt sich verabschiedete, und entwischte durch eine Tür. Lea folgte ihm ins Freie, wobei die Familie sie bereitwillig durchließ.

„Goro!", rief sie ihm hinterher.

Gegenüber lag die Scheune, ein großes Gebäude aus Lehmziegeln. Eine Holztür in der Seitenwand schwang langsam zu – Goro huschte hindurch. Lea musste ihm sagen, dass seine Mutter eine Entschuldigung schreiben sollte.

In der Scheune war es stockdunkel, als die Tür zufiel. Es war warm hier drin und roch … elektrisch? Mit vorgestreckten Händen stieß sie gegen ein hüfthohes Hindernis. Der Schall verriet, dass sie in einem großen Raum stand. Auf der anderen Seite kicherte es. Goro hatte mitbekommen, dass sie ihm folgte, machte sich einen Spaß daraus. Lea wollte nicht stolpern, weshalb sie an der Wand nach einem Lichtschalter tastete.

Neonröhren zuckten an der Holzdecke auf. Mit einem Lächeln blickte Lea in Richtung des Jungen. Ihre Miene erstarrte. Dicht an dicht, gerade genug Platz zum Durchgehen, standen Tiefkühltruhen. Dutzende. Ein Hofladen, mutmaßte sie, nachdem sie wieder denken konnte. Etwas wurde für Kunden eingefroren. Trotzdem zitterten ihre Finger, als sie einen Deckel öffnete.

Eine Leiche. Ihre schlimmsten Befürchtungen wurden wahr. Durch eine Plastikfolie sah Lea weiße Haare und geschlossene Lider.

„Oma lange genug tot", wisperte Goro neben ihr. Der Junge zog sich am Rand der Truhe hoch und blickte auch hinein. „Wird warmgemacht, Arzt kommt und sagt: Oma tot."

Lea schluckte. „Aber … warum ist sie gefroren?"

„Wegen Rente. Viele Omas hier mit Rente, aber wenn tot, dann Rente für Mama. Fünf Jahre ist genug. Warmmachen, Arzt kommt. Alles gut."

Hysterisch überschlugen sich Leas Gedanken. Sie wünschte sich Erleichterung, weil es sich nicht um Morde handelte. Trotzdem blieb es ein Verbrechen: Sozialbetrug.

Die Scheunentür knarrte. Lea duckte sich hinter der Truhe.

„Goro, nicht hier spielen", rief seine Mutter. „Wir holen eine Oma raus, du darfst helfen."

Die Tür schloss sich. Eine kleine Hand tastete nach Leas. „Mama holt Karre. Besser verstecken."

Der Junge zog sie zu einem Wandschrank. Er öffnete die Tür und schob Lea hinein. Im nächsten Moment klappte wieder die Scheunentür, Stimmen erklangen, schwere Gegenstände wurden herumgeschoben.

Lea wagte nicht daran zu denken, was geschah, wenn man sie entdeckte. Wenn man vermutete, dass sie dem Geldsegen ein Ende bereiten könnte.

Glück im Unglück

Ida Ehret (Bad König)
Erster Preis (Altersgruppe 11 - 12 Jahre)

Ida arbeitet momentan beim Deutschen Roten Kreuz ehrenamtlich. Sie mag dort vor allem den Zusammenhalt zwischen
ihren Kolleginnen und Kollegen. Sie erledigt dort die ver-
schiedensten Aufgaben. Den Erste-Hilfe-Kurs zu besuchen
hat sie am spannendsten gefunden. Aber auch Tätigkeiten,
wie bei der Blutspende aushelfen, macht sie gerne. Außerdem
besucht sie regelmäßig Seminare und Workshops, da sie immer vorbereitet sein möchte, falls jemand mal Hilfe braucht.
Sie möchte der Person dann bestmöglich helfen können. Das
Jahr 2024 hätte für sie unspektakulär angefangen, wenn da
nicht der Unfall in Erbach gewesen wäre!

Wie jeden Sonntag ist Ida nach Erbach zum Arbeiten ins Kaffeehaus gefahren. Dort arbeitet sie nun schon über ein Jahr
und arbeitet dort auch gerne. Als sie so gefahren ist, fiel ihr
auf dem Parkplatz gegenüber von dem Autohaus Müller etwas merkwürdiges auf. Langsam fuhr sie darauf zu. Zwei riesige Lieferwagen standen mit weit geöffneten Türen vor dem
Sparkassen Eingang. Es sah aus, dass dort gerade Möbel auf-
geladen und abgeladen wurden. Mehrere Männer in Arbeits-
kleidung brachten Kisten aus dem ersten Lieferwagen in die
Bank und brachten danach gefüllte Kisten aus der Bank in den
zweiten Lieferwagen. Immer langsamer fuhr Ida an der merk-
würdigen Szene vorbei. Ihr wurde ganz flau im Magen. Als sie
links abbiegen wollte, um hinten am Kaffeehaus zu parken,
sah sie auf der Mümling Brücke einen alten Mann stürzen.
Sofort blieb sie auf der Straße stehen, schaltete den Warnblin-
ker an und rannte zu dem alten Mann. Sie bemerkte nicht einmal, dass sie die Straße blockiert hatte mit ihrem Auto. Auf
der Brücke angekommen, bemerkte sie, dass der alte Mann

sich den Kopf angeschlagen hatte. Sie kümmerte sich um den Mann, wie sie es im Erste-Hilfe-Kurs gelernt hatte. Auch rief sie mit ihrem Handy die 112 an. Der Mann an der Leitstelle fragte Ida ein paar wichtige Sachen, um die Situation einzuschätzen, auch blieb er die ganze Zeit am Telefon, um Ida zu unterstützen, bis der Krankenwagen da war. Aus dem Augenwinkel sah Ida, dass die zwei Lieferwagen von vorhin in ihre Richtung fuhren. Da erst sah sie, dass sie ja die Straße blockiert hatte. Sie wollte aber jetzt nicht den alten Mann alleine lassen, solange der Krankenwagen noch nicht da war. Der Lieferwagen hielt also direkt vor ihrem Auto an und direkt stiegen zwei Männer aus dem Wagen. Diese zwei schrien sie an, dass sie ihre olle Kiste aus dem Weg räumen soll, sonst würde was schlimmes passieren. Ida schreckte zurück und merkte sofort, dass etwas mit den Männern und den Lieferwagen nicht stimmte. Sie bekam Angst und das merkte auch der Mann an der Leitstelle, welcher immer noch mit Ida telefonierte. Er fragte was los sei und Ida erzählte es ihm. Der Mann am Telefon sagte ihr, dass sie ruhig bleiben sollte und dass Hilfe unterwegs sei. Er hatte die Polizei alarmiert. In diesem Moment kam einer der Männer von den Lieferwagen auf sie zu. Doch da bemerkte er den heranfahrenden RTW, der direkt hinter den Lieferwägen gehalten hatte. So konnten die Lieferwagen nicht mehr rückwärtsfahren und waren nun gefangen zwischen Idas Auto und dem RTW. Mehrere Sanitäter stiegen aus und liefen auf Ida zu. Dieser fiel ein Stein vom Herzen, da nun Hilfe da war. Kaum waren die Sanitäter da, kam auch schon die Polizei mit Blaulicht angefahren. Diese sprangen aus dem Auto, da gerade der Mann von dem Lieferwagen weglaufen wollte. Die Polizisten schnappten sich den Mann und nahmen ihn fest. Auch die anderen Männer aus dem Wagen wurden festgenommen.

Einer der Polizisten öffnete eine der Kisten und ein paar Scheine Geld segelten auf den Boden. Alle staunten nicht schlecht, als sie das viele Geld sahen.

Es war sehr viel Geld. Es schien, dass auch die Einnahmen vom Wiesenmarkt dabei waren, der gerade vorbei war.

Der Mann am Telefon bedankte sich bei Ida und legte auf. Auch die anderen waren glücklich, dass Ida so tapfer und mutig war. Vor allem der alte Mann bedankte sich herzlich bei Ida. Er wurde ins Krankenhaus gebracht.

Ida hatte ein Verbrechen verhindert und außerdem einem Mann geholfen, der dank ihr schnelle Hilfe bekam.

Ida wusste, was sie getan hatte und dass es wichtig war, dass sie geholfen hatte. Jedoch wusste sie auch, dass sie sich nicht in Gefahr bringen soll, um zu helfen, jedoch immer die 110 oder 112 rufen soll!

Ende

Vom Täter zum Opfer

Maja Glenk (Heidelberg)
Erster Preis (Alterskategorie 13 - 15 Jahre)

In dem Moment, als ich Jonas sah, krümmte ich mich vor Wut. Dabei hatte ich die sechs Wochen Sommerferien gerade so genossen. Doch bei seinem Anblick war es gleich wieder zurück: das Gefühl von Mobbing, Tränen und Missbilligung. All das musste ich nur wegen ihm spüren. Dieses schreckliche Gefühl zu haben, wenn man in seine Klasse hineinkommt, alle einen schräg anschauen, auslachen, über dich flüstern. Für alle war ich immer nur der langweilige Streber, der uncool war, den niemand mochte, der alles für gute Noten tat und seine Nachmittage freiwillig zum Lernen nutzte. Aber das war ich nicht und es tat weh, dass das alle von mir dachten. Jonas war ihr Anführer. Sechs Wochen ohne meine Klasse und vor allem ohne Jonas war für mich das Schönste. Und jetzt kam er hier an den Marbach-Stausee, wo ausgerechnet ich Badeaufsicht hatte. Ich war ehrenamtlicher DLRG-Rettungsschwimmer.

„Na, irgendjemand in Not?", fragte mich jetzt lachend mein Freund Lasse und klopfte mir von hinten auf die Schulter. Lasse war einer der wenigen, die immer zu mir standen. „Ne, nicht so viel los", sagte ich grimmig. „Ey, was ist los?", fragte er und trat neben mich. „Siehst du die?" Ich deutete auf Jonas, der mit drei anderen Jungs in den See stürmte. Lasse stöhnte herzhaft. „Ach die, wow, die sind aber schon ganz schön betrunken", sagte er zu mir und deutete auf die Jungs, die gerade leicht wankend den See zum Wasser runter liefen.

Langsam leerte sich der Badebetrieb. Es waren nur noch die vier Schwachköpfe da. „Ich gehe mal aufs Klo, du hast das ja hier im Griff, oder?", fragte Lasse. „Ja, geh ruhig", antwortete ich und atmete tief aus.

Lasse verschwand und ich sah starr auf den See.

Kurze Zeit später verabschiedeten sich die drei Jungs von Jonas und er schwamm weiter nach draußen auf den See. Plötzlich war er nicht mehr zu sehen. Ich erhob mich von meinem Stuhl und blickte angespannt mit dem Fernglas auf das Wasser. Ich konnte sehen wie eine Hand aus dem Wasser schnellte und hektisch winkte, bis sie ebenfalls unterging. Ich stand gebannt da. Ich musste ihn retten, sonst würde er ertrinken. Oder war das nur ein Spiel? Wollte er mich nur provozieren? Schließlich würde ich ihm so etwas zutrauen. Nein, er war bestimmt ziemlich betrunken und brauchte wirklich meine Hilfe. Aber hatte er es verdient, gerettet zu werden? Die letzten zehn Jahre Mobbing gingen mir durch den Kopf. Er war der gemeinste Mensch, den ich kannte, ihm war es egal, wie es anderen Menschen ging, also konnte er mir doch eigentlich auch egal sein. Das Leid, das er mir jeden Tag zufügte und... Halt, was dachte ich da, es ging hier um Leben oder Tod. Ich konnte ihn doch nicht ertrinken lassen. Ich wollte gerade losrennen, da... „Scheiße Mann, was machst du?", schrie jemand von hinten und Lasse rannte an mir vorbei ans Wasser. Ich folgte ihm sofort und schwamm so schnell ich konnte zu der Stelle, an der ich Jonas zum letzten Mal gesehen hatte. Er trieb reglos auf der Oberfläche. „Scheiße!", schrie Lasse. Wir transportieren ihn eiligst ans Seeufer und ich rief den Notarzt. Dieser konnte nur noch bestätigen, was wir bereits schon wussten. Jonas war tot!

Ich war völlig aufgelöst. Da zog Lasse mich zur Seite und fragte mich wütend: „Warum hast du ihn nicht gleich versucht zu retten?". Er sah mich abwartend an, aber ich wusste nicht, was ich sagen sollte. „Ich rede mit dir!", schrie er und packte mich an meinen Schultern. „Ich habe doch probiert ihn zu retten", protestierte ich, fühlte mich aber miserabel. „Ich habe dich doch gesehen. Ich bin gerade aus der Toilette gekommen und du bist einfach nur da gestanden und hast ihm beim Ertrinken zugeschaut. Warum hast du ihn nicht gleich gerettet?", schrie er erneut. „Ich weiß es nicht!", schrie ich zurück. Ich hielt meine Hände vor mein Gesicht. Lasse sollte nicht sehen, dass ich weinte. „Du bist gerade erwachsen geworden und verhältst dich wie ein kleines Kind. Ist es, weil er dich ärgerte

in der Schule?", fragte er. „Du weißt nicht, wie sich das an-
fühlt", schluchzte ich. „Also ist es deshalb, oh Mann, Nik, was
hast du nur gemacht?!!"

„Ich weiß es nicht!", schrie ich erneut. Wir standen uns kurz
einfach nur gegenüber. Schweigend.

Ich wollte gerade auf mein Fahrrad steigen, da rief uns ein
Polizist. „Wir bräuchten noch ihre Aussage. Würden sie uns
bitte auf das Präsidium begleiten?", fragte er in einem Ton,
der deutlich machte, dass er keine Widerrede duldete. Lasse
sah mich böse an und ich schluckte. Ich war mir unsicher, ob
Lasse mich verpfeifen würde. Lasse packte mich an der Schulter und wir ließen uns ein bisschen zurückfallen. „Pass auf, ich
werde dich nicht verpfeifen, aber du solltest es selbst gestehen", sagte er, ohne mir ins Gesicht zu blicken. Ich nickte.
Wir stiegen ins Polizeiauto und fuhren zum Präsidium. Während der Fahrt überlegte ich. Sollte ich mich wirklich selbst
verraten? Lasse würde es nicht tun, aber ich wusste nicht, ob
mir das Geheimnis schwer wie Blei auf meinen Schultern liegen würde. Ich war ein sehr ehrlicher Mensch und ich hasste
es zu lügen. Andererseits: Das, was ich getan hatte, war unter-
lassene Hilfeleistung. Im Endeffekt hatte ich ihn ja retten wollen, aber ich hatte zu lange überlegt. Und das war strafbar, ich
war nun erwachsen, das hieß, ich würde das volle Strafmaß
bekommen. Aber was war das Strafmaß in meinem Fall?
Geldstrafe? Oder Gefängnis? Wenn Gefängnis, dann wie
lange? Ein Jahr oder 10 Jahre. Was sollte ich nur tun? Ich hatte
keine Ahnung.

Als wir am Ziel angekommen waren, stiegen wir aus dem
Auto und folgten dem Polizisten ins Gebäude. Er führte uns
in ein Zimmer, wo wir vor ihm auf zwei Stühlen an einem
Schreibtisch Platz nahmen. „So, dann fangen wir einmal an."
Er klappte seinen Laptop auf und tippte irgendwas ein. „Sie
kannten Jonas Stone, oder?", fragte er. Wir nickten beide. „Ja,
er war in unserer Klasse", antwortete Lasse. „Okay, haben Sie
beide mitbekommen, wie Jonas Stone ertrunken ist?", fragte
er und schaute uns düster an. „Nein, ich war gerade auf der

Toilette und Nik hatte kurz allein Aufsicht", erklärte Lasse. Ich nickte zustimmend. „War noch jemand anderes im Wasser, als Herr Stone ertrunken ist?", fragte der Polizist mich. „Nein", sagte ich knapp. Der Polizist nickte. „Dann erzählen sie doch bitte mal, was aus Ihrer Sicht geschehen ist", sagte der Polizist. Ich schluckte. „Also, es war gegen 17 Uhr. Jonas und drei Freunde kamen an den See, sie waren ziemlich betrunken, weshalb wir sie besonders im Auge behalten haben", begann ich. Ich schluckte und fuhr fort: "Niemand war mehr am See außer den vieren, dann ist Lasse auf die Toilette gegangen und kurz darauf sind die drei Freunde von Jonas gegangen. Jonas ist alleine weiter nach draußen auf den See geschwommen. Plötzlich war er nicht mehr zu sehen." Jetzt war der Moment gekommen. Jetzt musste ich entweder sagen, dass ich ihn eigentlich noch hätte retten können oder dass ich keine Chance mehr hatte. Nervös fing ich an, auf meiner Lippe zu kauen. „Ja, fahren Sie fort!", sagte der Polizist drängend. Ich spürte, wie Lasse mich von der Seite anschaute. „Er ist untergegangen und ich hatte keine Chance mehr, ihn zu retten. In dem Moment ist auch Lasse aus der Toilette gekommen und wir sind natürlich gleich ins Wasser gerannt, aber es war zu spät!", sagte ich. Von der Seite hörte ich Lasse enttäuscht seufzen. „Stimmt das, was er gesagt hat?", fragte der Polizist jetzt Lasse. Ich schaute unsicher zu meinem Freund. „Wie gesagt, ich war auf der Toilette, als das alles passiert ist, aber ich denke nicht, dass er lügt", sagte er niedergeschlagen. Der Polizist nickte. „Gut, danke für Ihre Aussagen", sagte er und erhob sich. Lasse hatte sich ebenfalls schon erhoben, doch ich blieb sitzen. „Herr Polizist, es war nicht ganz wahr, was ich gerade gesagt habe", gab ich zu. „Ach ja?" Der Polizist hatte die Augen aufgerissen und setzte sich erneut. Lasse tat es ihm nach und ich spürte, wie alle Blicke auf mich gerichtet waren. „Nein, ich hätte ihn vielleicht doch noch retten können, er hat noch mit den Armen gewedelt und so, ich habe zu lange überlegt, weil…" Und so erzählte ich die ganze, wahre Geschichte. Als ich fertig war, schaute ich betrübt zu Boden. „Oh Junge, was hast du nur gemacht?", fragte mich der Polizist und schaute mich finster, aber mit einem Fünkchen Mitleid an.

Ich habe wirklich überlegt, wie man die Geschichte schön beenden kann, aber das geht nicht. Mobbing ist das Schlimmste, das kann man einfach nicht gut reden und von unterlassener Hilfeleistung müssen wir auch nicht reden. Nehmt euch das bitte alle zu Herzen, niemand sollte sich auf dieser Welt schlecht fühlen müssen oder wegen fehlender Hilfe sterben.

Die Suppenküche

Danil Konradi (Pinneberg)
Erster Preis (Alterskategorie 16 - 17 Jahre)

Wie jeden Tag auch, stand ich an der Erbach-Michelstädter Tafel, um jeden mit meiner köstlichen Suppe zu erfreuen. Ich brauchte kein Geld dafür, es genügte in die glücklichen Gesichter der Bedürftigen zu sehen, wenn sie sie kosteten. Gemütlich stand ich an meinem nicht allzu großen Suppenstand und wartete, bis jemand mit seiner Schüssel bei mir vorbeikam, um sich etwas einzuschenken.

„Köstlich wie immer", sagte einer meiner Stammkunden, der fast täglich meine Suppe aß.

Er war in seinen 50ern und trug alte, lumpige Kleidung. Zutaten meiner Suppe blieben an seinem ungepflegten Bart hängen.

„Wie kriegst du sie immer so gut hin?"

„Nur meine Geheimzutat, Reiner!"

Er schmunzelte und machte sich auf den Weg, bevor er sich kurz besorgt zu mir umdrehte.

„Hast du was von Ernst gehört?"

Ich schüttelte meinen Kopf.

„Niemand hat ihn seit Tagen gesehen, er war auch nicht hier, um Essen zu holen."

„Ich mache mir langsam echt Sorgen um ihn."

Die letzten Wochen verschwanden immer mehr Obdachlose aus dieser Gegend.

„Ich sag dir was, Reiner: Warum wartest du nicht, bis meine Schicht vorbei ist und wir gehen ihn zusammen suchen?"

Zuversichtlich sah er mich an. „Du bist ein guter Mensch, Siegfried. Du bist der Einzige, der noch nett zu mir ist."

Ich nickte ihm dankend zu und fuhr mit meinem Dienst fort.

Mit leerem Topf verließ ich die Tafel und brachte ihn in mein Auto, wo Reiner schon auf mich wartete.

„Ich habe ihn nicht bei seinem Schlafplatz gesehen, vielleicht sehen wir dort einmal nach."

Sein Schlafplatz war nicht weit von der Tafel entfernt. Sehr schlau, wie es mir schien. Wir kamen in eine abgelegene Gasse in der Nähe des Michelstädter Friedhofs.

„Hier wären wir."

Verwundert sah ich mir diesen trostlosen Platz an. "Bist du dir sicher, dass es hier ist? Hier ist ja nicht mal ein Schlafsack oder irgendeine Decke."

„Ich weiß nicht, was ich dir sagen soll. Ich hab ihn hier jeden Tag für die letzten paar Monate gesehen. Ich bin mir sicher, andere haben hier einfach geplündert. Weggegangen - Platz-vergangen - mäßig, weißte?"

„Das ist ja grausam!"

„Ist 'ne harte Welt hier draußen." Er zuckte mit den Schultern.

Gründlich durchsuchten wir das, was man mit ganz viel Fantasie noch Schlafplatz nennen konnte.

Wir schauten zwischen den Müllcontainern und sogar in ihnen nach irgendeiner Spur. Vergebens.

Überall lag nur Müll herum und auf dem dreckigen Boden war nur ein Stück Kaugummipapier, da die anderen seinen Schlafplatz vollständig ausgeplündert haben.

„Ich glaub, das wird nichts, Reiner. Du musst einfach warten, bis er wiederkommt."

„Was, wenn er das nicht tut? Du weißt, wie die Dinge hier draußen stehen. Es verschwinden immer mehr und mehr Leute. Wir haben nicht mal den Hauch einer Spur. Außer natürlich diesem beschissenen Kaugummipapier."

Wütend trat er drauf, so dass es knisterte.

„Reg dich ab, Reiner. Ich bin mir sicher, ihm geht es gut. Er hat sich halt einfach einen neuen Schlafplatz gesucht", versuchte ich ihn abzulenken.

„Ich weiß nicht, dass sieht nicht nach ihm aus."

Ich konnte seine Trauer einfach nicht mehr ertragen.

„Weißte was? Du schläfst heute bei mir."

„Was? Nein. Das kann ich auf keinen Fall annehmen."

„Doch, doch! Offensichtlich machst du dir Sorgen um Ernst und könntest etwas Ablenkung gebrauchen. Ich kann dich nicht bei gutem Gewissen alleine hier draußen schlafen lassen."

„Fein, wenn du meinst. Danke, Siegfried."

Ich brachte ihn zu mir nach Hause und gab ihm erneut etwas von meiner leckeren Suppe zu essen. Er hatte einen schweren Tag hinter sich. Ich breitete sein Schlafzeug auf meiner Couch aus. Ich legte mich in mein Bett und er sich auf die Couch.

Mitten in der Nacht wurde ich plötzlich durch das Geräusch von der Haustür geweckt. Panisch stand ich aus dem Bett auf und lief dort hin. An der Haustür stand Reiner, der verzweifelt versuchte, die Tür zu öffnen.

„Was ist denn los?", fragte ich unschuldig.

„Ich... ich hab es gefunden! Lass mich gehen!"

Verzweifelt drückte er die Klinke immer wieder runter, um die Tür zu entsperren.

„Wovon sprichst du überhaupt?", versuchte ich ihn zu beruhigen.

Er warf mir ein Stück Kaugummi vor die Füße. Dieselbe Verpackung wie an Ernsts Schlafplatz. Auf einmal verfinsterte sich meine Miene. Ich konnte es nicht mehr verstecken. Ich holte den Haustürschlüssel und ein Tuch aus einer Schublade.

„Suchst du etwa den hier?"

Angsterfüllten Blickes sah er mich an.

„Was - Was hast du mit ihm gemacht?!"

Ich kam langsam auf ihn zu und presste ihm meinen Finger an die Lippen.

„Pshhhh."

Dann entfernte ich meine Hand und ersetzte sie mit dem Tuch. Es wirkte und er wurde langsam ohnmächtig. Ich zog ihn an den Armen in das Nebenzimmer und fesselte ihn an die Wand. Neben ihm lag Ernst. Panisch versuchte dieser durch seinen geknebelten Mund zu schreien. Man konnte Augenringe erkennen und es war klar, dass er sehr viel geweint hatte. Vor allem wenn man bedenkt, dass ich ihm die meisten Körperglieder abgeschnitten hatte und er gerade noch so am Leben war. War eh nicht so wichtig. Morgen würde sein letzter Tag sein.

Am nächsten Tag war ich wie jeden Morgen an meinem Suppenstand, als der Erste Obdachlose zu mir trat. Er fragte höflich nach etwas Suppe und schenkte sie sich ein. Langsam schaute ich ihm zu, wie er einen Löffel meiner Suppe nahm und es sich in seinen bärtigen Mund schob.

„Das ist ja köstlich!", sagte er schmatzend.

Wenn er nur wüsste, dass er der Nächste ist.

Ich brauchte schließlich mehr Suppe.

Nominierte Preisträger/innen
des Erwachsenen-Schreibwettbewerbes: (alphabetisch sortiert)

Marc Demme /Marion Demme-Zech (Rehlingen/Saarland)
Marc Demme: geb. 1975, Angestellter als Dipl. Informatiker FH. Hobbys: Wandern, Theater spielen, Technik und Tüfteln. Lieblingsbuch: Mord auf dem Saar-Hunsrück-Steig. Lieblingsautorin: Marion Demme-Zech.
Marion Demme-Zech: geb. 1972, Pädagogin und freie Autorin. Hobbys: Laufen, Fotografieren, Kunst und Bücher. Lieblingsbuch: Ruhm. Lieblingsautor: Daniel Kehlmann.

Matthias Haak (Bonn/Nordrhein-Westfalen), geb. 1995, Freier Lektor. Hobbys: Tanzen, Gitarre spielen, Jonglieren. Lieblingsbücher: Der Name des Windes; Offene See. Lieblingsautor: Terry Pratchett.

Heike Kroll (Breuberg/Hessen), geb. 1967, Kaufmännische Angestellte. Hobbys: Schreiben, Musik, Motorradfahren. Lieblingsbuch: Der letzte seiner Art. Lieblingsautor/in: Karl Olsberg; Kerstin Gier.

Preisträger/innen des Jugend-Schreibwettbewerbes:

Erster Preis (Altersgruppe 11 – 12 Jahre)
Ida Josephine Ehret (Bad König/Hessen), geb. 2012. Hobbys: Bogenschießen, Lesen, Malen. Lieblingsbuch: Everything is okay. Lieblingsautorin: Debbie Tung.

Erster Preis (Altersgruppe 13 – 15 Jahre)
Maja Glenk *(Heidelberg/Baden-Württemberg)*, geb. 2010. Hobbys: Fußball, Geschichten schreiben, Tanzen, Musik hören. Lieblingsbuch: Whisper. Lieblingsautor/in: Viele.

Erster Preis (Altersgruppe 16 – 17 Jahre)
Danil Konradi (Pinneberg/Schleswig-Holstein), geb. 2008. Hobbys: Klavierspielen, Schreiben. Lieblingsbücher: Percy Jackson, Beast Quest. Lieblingsautor: Rick Riordan.

Weitere Autorinnen und Autoren in alphabetischer Reihenfolge:

Oliver Baier (Groß-Gerau/Hessen), geb. 1974, Physiotherapeut. Hobbys: Schreiben, Familie, Lesen. Lieblingsbuch: Das Leben des Vernon Subutex. Lieblingsautorin: Virginie Despentes.

Christian Bartel (Alfter/Nordrhein-Westfalen), geb. 1975, Redakteur, Autor. Hobbys: Lesen, Schwimmen, Spazierengehen. Lieblingsbücher: Brenner-Reihe. Lieblingsautoren: Simon Borowiak, Wolfgang Haas, Frank Schulz.

Clemens Behrouzi (Darmstadt), geb. 2005, Abiturient. Hobbys: Tennisspielen, Sprachen und Assel-Geschichten schreiben. Lieblingsbücher: Eberhofer-Krimis. Lieblingsautor: Erich Maria Remarque.

Dr. Vanessa Betti (Roodt/Syre – Luxemburg), geb. 1988, Lehrerin für Deutsch und Geschichte. Hobbys: Schreiben, Ashtanga-Yoga. Lieblingsbücher: Fischland-Reihe, Pierre Durand-Reihe. Lieblingsautorinnen: Corinna Kastner, Sophie Bonnet.

Ines Burghardt (Bonn/Nordrhein-Westfalen), geb. 1985, Koordinatorin. Hobbys: Sport an und in den 3 W's (Wand, Wasser und Wald). Lieblingsbücher: immer noch viele. Lieblingsautor/in: auch immer noch viele.

Alexandra Dorn (Niedernsill – Österreich), geb. 1956, Pensionistin (Postamtfrau i. R.). Hobbys: Schreiben, Tanzen, Katzen. Lieblingsbücher: Thriller, Harry Potter, Herr der Ringe, Der Graf von Monte Christo. Lieblingsautor/in: viele.

Anke Elsner (Münster/Nordrhein-Westfalen), geb. 1956, Dozentin für Deutsch als Fremdsprache (DaF). Lieblingsbuch: 16 Uhr 50 ab Paddington. Lieblingsautorin: Agatha Christie.

Angela Flath (Höchst i. Odw./Hessen), geb. 1979, Sekretärin. Hobbys: Rad fahren, Ski fahren, Lesen. Lieblingsbücher: Every little secret, Der Knochenstrand. Lieblingsautorin: Daniela Arnold.

Jess Geiger (Dinslaken/Nordrhein-Westfalen), geb. 1965, Dipl.-Sozialarbeiterin, Lerntherapeutin. Hobbys: Lesen, Schreiben, Gärtnern, künstlerisches Gestalten. Lieblingsbücher: Viele. Lieblingsautoren: Matthias Reuter, Horst Evers, Axel Hacke, Jan Weiler, Maxim Leo, Jochen Gutsch.

Stefanie Glenk (Heidelberg/Baden-Württemberg), geb. 1973, Kommunikationsberaterin. Hobbys: Lesen, Schreiben, Reisen. Lieblingsbücher: das wechselt. Lieblingsautor/in: je nach Laune.

Gerhard Goldmann (Rudolstadt/Thüringen), geb. 1957, Diplom-Umweltwissenschaftler. Hobbys: Reisen, Naturschutz. Lieblingsbuch: Das Feld in der Fremde. Lieblingsautorin: Dola de Jong.

Susanne Hartmann (Freiburg i. Breisgau/Baden-Württemberg), geb. 1962, Ethnologin, Sekretärin. Hobbys: Fotografieren, Wandern, Malen, Spielfilme schauen. Lieblingsbuch: Der talentierte Mr. Ripley. Lieblingsautorin: Margaret Millar.

Bianca Heidelberg (Kraichtal/Baden-Württemberg), geb. 1980, HSE Specialist. Hobbys: Lesen, Ukulele spielen, Radfahren, Klettern. Lieblingsbuch: Outlander. Lieblingsautorin: Mareike Fröhlich.

Sarah Klein (Bad König/Hessen), geb. 1989, Kaufmännische Angestellte. Hobbys: Yoga, Schreiben, Reisen. Lieblingsbuch: Die Prüfung. Lieblingsautorin: Agatha Christie.

Linda Knauer (Frankfurt/Hessen), geb. 1987, Projektmanagement & Kommunikation. Hobbys: Wandern, Reiten, Lesen, Musik machen. Lieblingsbücher: Bernstein-Trilogie. Lieblingsautor: Philip Pullman.

Kirsten Krämer (Reichelsheim i. Odw./Hessen), geb. 1970, Ingenieurin. Hobbys: Schwimmen, Lesen, Reisen. Lieblingsbücherreihe: Der dunkle Turm. Lieblingsautor: Stephen King.

Andreas Lehmann (Leipzig/Sachsen), geb. 1977, IT-Anwendungsbetreuer. Hobby: Kochen. Lieblingsbuch: Der Liebeswunsch. Lieblingsautor: Dieter Wellershoff.

Sarah Lutter (Oberhausen/Nordrhein-Westfalen), geb. 1983, Buchhalter. Hobbys: Museen besuchen, Lesen, Schreiben. Lieblingsbuch: 16 Uhr 50 ab Paddington. Lieblingsautorin: Agatha Christie.

Sandra Mall (Neckarsulm/Baden Württemberg), geb. 1990, Schulsekretärin. Hobbys: Schreiben, Lesen, Unternehmungen mit den Kindern. Lieblingsbücher: Verity, Harry Potter, Stay away from Gretchen, Der Gesang der Flusskrebse, Schneewittchen muss sterben. Lieblingsautorinnen: Colleen Hoover, Nele Neuhaus.

Heidi Moor-Blank (Lustadt/Rheinland-Pfalz), geb. 1958, Rentnerin. Hobbys: Theater, Krimis, Garten, Hund. Lieblingsbücher: Krimis. Lieblingsautorin: Karin Slaughter.

Boris Niggeling (Münster/Hessen), geb. 1960, Rentner. Hobbys: Reisen, Sport. Lieblingsbücher: Krimis. Lieblingsautor/in: diverse.

Uwe Patzwahl (Berlin/Brandenburg), geb. 1949, Rentner. Hobbys: Segeln, Golfen, Lesen, Schreiben. Lieblingsbuch: Nachmittage. Lieblingsautor: Ferdinand von Schirach.

Jacqueline Reese (Dorsten/Nordrhein-Westfalen), geb. 1961, Lehrerin. Hobbys: Kunst, Reisen, Schreiben. Lieblingsbücher: Herr der Ringe, David Copperfield. Lieblingsautoren: Charles Dickens, John Ronald Reuel Tolkien.

Michael Schmitt (Oberzent/Hessen), geb. 1961, Polizeibeamter i. R. Hobby: Regionalgeschichte. Lieblingsbücher: mehrere. Lieblingsautor/in: nicht speziell.

Sabine Schrauder (Palma – Spanien), geb. 1964, Dolmetscherin. Hobbys: Lesen, Schreiben, Filme, Kunst, Musik, Sport. Lieblingsbücher: viele. Lieblingsautor/in: viele.

Thomas Seifert (Bad König/Hessen), geb. 1947, Oberstaatsanwalt i. R. Hobbys: Schreiben, Wandern. Lieblingsbuch: Doktor Faustus. Lieblingsautor: Thomas Mann.

Tatjana Stöckler (Griesheim/Hessen), geb. 1962, Ärztin. Hobbys: Historische Romane, Kochen, Katzen. Lieblingsbücher: Das Rad der Zeit, Das letzte Gefecht. Lieblingsautoren: Robert Jordan, Stephen King.